集英社オレンジ文庫

リフトガール

～フォークリフトのお仕事～

要　はる

本書は書き下ろしです。

目次

リフトガール
～フォークリフトのお仕事～

Lift Girl
Haru Kaname

フォークリフトとは、荷をすくうためのフォークや、はさみこむためのベールクランプなどの装置および、これを上下させるマストを備えた動力つきの荷役《にやく》運搬車両のことで、工場や倉庫といった構内において荷の積みおろしを行う。

第一話　部品チームへようこそ

倉庫の片隅に、八台のフォークリフトが並んでいる。

車体の前方に縦横一メートル以上ある平たい鋼板がついた、ベールクランプつきフォークリフトだ。四角い形をした荷を左右からはさみこんで運ぶことができる。

一番すみのフォークリフトへ歩み寄り、寿《ことぶき》数音《かずね》は充電器のプラグを抜いた。

(朝の工場って、いいな)

少し埃《ほこり》っぽい乾いた空気。窓から差しこむやわらかな光。昼間の喧騒《けんそう》がウソのように静まり返っている。

シートに腰かけ、アクセルペダル、ブレーキペダルが踏みやすいように位置をずらす。

さらにバックミラーの角度を微調整した。シートベルトをしめ、エンジンキーを始動スイッチに差しこみ、いざ——。

「カズ」

呼びかけられ、数音はビクリと動きを止めた。声がした左側を向くと、大柄な男性が立っていた。数音が所属する製品チームのリーダー、赤石巧《あかいしたくみ》だ。年齢は五十を過ぎているだろう。四角くて大きな顔、見事に禿《は》げあがった頭、筋肉質のがっちりした身体《からだ》、太い眉《まゆ》。地声が大きくて、いつも不機嫌そうに顔をしかめている。仕事に厳しく、容赦《ようしゃ》なく怒鳴るので、若手には「赤鬼」と呼ばれ怖れられていた。ただし、フォークリフトの腕は確かで、誰よりもよく働く。口うるさいけれど、なにも知らない数音にいちから仕事を教えてくれた人だ。だから数音は彼のことが嫌いではなかったし、いつか認められたらいいなと思っていた。――そんな日は、果てしなく遠いだろうが。

近づいてくる赤石を目で追いながら、数音は頭の中で素早く自己点検した。

アルコールチェックは済ませているか？

ヘルメットをかぶり、顎《あご》ヒモをかけているか？

シートベルトをしめているか？

エンジンキーのキーロープはつけているか？

(よし、大丈夫。怒られる要素はない……はず)

ペコリと頭をさげ、挨拶《あいさつ》する。

「おはようございます」

「おぅ、早いな」

無愛想な低い声だが、これが通常の話し方で、怒っているわけではない。

数音は内心ホッとした。

「今日は早朝の積みこみがあるってきいていたので」

「あぁ、それはオレがやる」

「え。でも、朝当番は私――」

「いいから」

彼は手をあげ、数音の言葉を止めた。

「お前、異動」

「は?」

うまくききとれず、首をかしげる。

「だから、お前は部品チームへ異動になった。挨拶してこい。事務所の場所はわかるな? リーダーの名前は、十和田……十和田四郎《とわだしろう》だ」

矢継《やつ》ぎ早《ばや》に言われ、混乱する。

「あの、異動って」

「なんでですか?」という一言をのみこむ。とっさに、「なにかミスをしでかしたかもしれない」と思ったのだ。べつの質問にかえる。

「いつから……？」

「今から」

「え？」

ぽかんと口をあける数音に、赤石は両手を振った。

「会社ってのは、そういうところなんだよ！　ほら、いった、いった！」

大声で急《せ》き立てられ、慌ててリフトからおりる。そのまま駆け出そうとした途端、「危ねぇ、走るな！」と怒鳴られ、数音はたたらを踏んで転びそうになった。


数音は冷蔵庫をつくる工場で働いている。冷蔵庫は、ベルトコンベアによって流れてくる機械に部品を取りつける、いわゆるライン生産方式でつくられている。創業七十六年。建物は古く、システムも旧式な部分が多い。とはいえ、従業員数が二百を越える、市内で最大の工場だ。ライン作業に携《たずさ》わるライン工と呼ばれる人々の他に、必要な部品を発注する人、品質の検査を行う人、製品を出荷する人、食堂や購買で働く人、トラックのドライバーなどなど、とにかく大勢が出入りしていた。

数音は、フォークリフトを操作するリフトマンだ。リフトマンは、部品をラインへ供給する部品チームと、できあがった冷蔵庫を出荷する製品チームにわかれていた。去年の四月から働き始めて、今は七月の頭。一年以上ずっと製品チームに所属していた。リフトマンの中で女性は数音だけ。おまけに最年少の二十一歳。みんなの足を引っ張らないように頑張ってきたつもりだが……。

（突然異動って、まさか……）

数音がここへきてから数名が異動していたけれど、フォークリフトの操作が下手《へた》だったり、手順を覚えられなかったり、赤石が望むレベルに達していない――と思われる――者ばかりだった。

（つまり、これって戦力外通告？）

部品チームは製品チームと違い、フォークリフトを使わない作業もあるときいていた。

（うわぁ、イヤだなぁ）

数音は頭を抱えた。

昔から身体を動かすことが好きで、学生時代はサッカーに明け暮れていた。百七十センチメートルの身長と、お世辞《せじ》にも女性らしいとは言えない身体つき、短い髪、化粧《けしょう》っけゼロの顔から、今でもよく男性と間違われる。

(フォークリフトに憧れてリフトマンになったのに、肝心《かんじん》のフォークリフトに乗せてもらえなくなったらどうしよう)

うつむきがちに、トボトボと歩く。

工場は広く、中心にラインがある中央棟、四隅に第一棟から第四棟が建っている。さらに、中央棟をはさんで東西それぞれに三つの倉庫が並んでおり、他に事務所や休憩所が点在している。

中央棟にあるラインは東から西へ流れており、部品チームの事務所はラインの出発点である東側に、製品チームの事務所はゴールである西側にあった。場所こそ知っているものの、新人の数音がよその事務所に用があるはずもなく、入るのは初めてだった。

大きな窓ガラスがついた事務所には、明かりがついていなかった。人影もない。早朝のせいだろう。すぐ隣に休憩室があり、こちらの小窓にはカーテンがかかっていた。隙間《すきま》から明かりがもれている。誰かいるのだろうか。数音は扉をノックし、試しにノブを回してみた。すんなり開く。

「失礼しま――」

途中で言葉を切る。

室内は、壁際にロッカーや冷蔵庫が並び、中央に細長いベンチが一つ置かれていた。そのベンチのすぐ横に、上半身裸の男性が立っている。細身ながら鍛えられた身体、日に焼けた肌に短い髪。やや垂れ目で、年齢は二十代だろうか。数音よりは歳上《としうえ》に見える。作業着を手にしており、着替え中だったようだ。

「あ――」

相手が口を開くと同時に、数音は力いっぱい扉を閉めた。

（最悪！　更衣室で着替えてよ！）

第二棟に、全従業員が使用する広い更衣室があるのに。

脱力のあまりその場にしゃがみこんでいると、扉が開いた。

「ごめん、ごめん」

ちゃんと上着を身につけた男性が現れる。

「朝早いから、人こないと思ってさ～」

「……」

数音はおずおずと立ちあがった。気まずくて、相手の顔が直視できない。彼は気にする様子もなく続けた。

「あぁ、きみ、今日からこっちへきてもらうことになった……、寿数音さん？」

「あ、はい」

　緊張感のないのんびりした声に、顔をあげて相手を見る。数音より頭ひとつぶん背が高い。彼はやや垂れぎみの両目を細めて笑った。

「オレ、部品チームのリーダー。十和田四郎」

（この人がリーダー？　若い……）

　雰囲気《ふんいき》も穏やかで、いつもピリピリしている赤石とは正反対だ。

「みんなからシロって呼ばれてます。よろしく」

　この工場の人間は、なぜか愛称で呼びあうことが多い。とはいえ、リーダーは別格だ。

「よろしくお願いします。十和田リーダー」

「シロでいいから」

「シロリーダー？」

「いや。リーダーいらない」

「でも」

「おう、シロちゃん。なにもめてるの？」

　背後からの声に、数音は振り返った。五十代くらいの男性が立っている。赤石と同じくらいがっしりした体躯《たいく》に、同じくらい大きな四角い顔。ただし禿頭《とくとう》ではなく、白髪まじりのボサボサ頭だ。

「やっさん、おはよう」

十和田が気軽に挨拶《あいさつ》し、数音に言った。

「この人は、安岡利治《やすおかとしはる》さん。部品チームのエース」

「おいおい、五十三のおっさんがエースかよ」

彼はまんざらでもなさそうな顔で笑い、数音を見た。

「お前さんは新入りだな？　よろしく。歳は？」

「二十一です」

「うほぅ」

安岡が、おおげさにのけぞる。

「若いなぁ。シロちゃんは二十四だっけ」

「二十六だよ」

「そうか。とにかく、やっと歳下がきたわけだ。晴れて下《した》っ端《ぱ》卒業だな。おめでとう」

リーダーに向かって平気で下っ端と言っている。製品チームでは考えられない会話だ。

——と、安岡が数音の顔をまじまじとのぞきこんできた。

「あれ。お前さん、もしかして女？」

気づくのが遅い上に、「もしかして」が余計だ。しかし、相手のこういう反応には慣れている。数音は「はい」とうなずいた。

「へ～、珍しいな。この業界、若いのはすぐ辞めちまうし、ましてや女は初めてだ」

ニヤリと笑う。

「ガサツなオッサンばかりだが、仲良くやろうぜ。ええっと」

「寿数音――カズです」


十和田にヘルメットの置き場やフォークリフトの充電場所を教えてもらっている間に、部品チームのメンバーとおぼしき人々が次々にやってきた。総勢九人。数音を加えると十人になる。

八時二十分になると、工場内に体操のアナウンスが流れ、三十分から朝のミーティングが始まった。ここまでは数音がいた製品チームと同じだ。

「んじゃぁ、ミーティングを始めま～す」

休憩室の前に全員が集合し、十和田が手にしていたクリップボードへ視線を落とす。数枚の紙がはさまっていた。

「今日は通常の部品の納入と、中国からのコンテナが六本到着します。それから、外部倉庫への部品の入出庫が四往復あります。Aラインは二時間残業の予定です」

次第に歯切れが悪くなり、首が前へ傾いていく。

「オレは十五時から安全対策会議に出なきゃいけません。超多忙です。泣いてしまいそう」

ブハッと、前列にいた小柄な男性がふきだした。

「いきなり弱音かよぅ」

「泣くな、シロ坊。頑張れ」

「お前はやればできる子だ」

「そうだよ。時間があればオレたちが手伝ってやるからさ」

それぞれに勝手なことを言う。一番後ろに立っていた数音は、十和田が怒りだすのではないかとヒヤヒヤした。しかし、彼は垂れぎみの目を細めて、ニコニコ笑っているだけだった。

「心強いなぁ。じゃあ、かわりに会議出てくれる?」

「断る」

「そこが一番手伝ってほしいとこなんだけど」

「絶対ヤだ」

製品チームとは正反対のゆるい雰囲気に、数音は拍子抜けした。

こんなに緊張感がなくて大丈夫だろうか。自己紹介の時、「リーダーいらない」と言われた理由がわかった気がする。

（この人、威厳ないっていうか……。私が言うのもなんだけど、ちょっと頼りないっていうか……）

メンバーの大半は、四十～五十代に見える。息子ほど歳が離れた相手にペコペコできないだろう。

（かといって、私まで呼び捨てにするのはどうかな）

自分の方が歳下だし、リフトマン歴も短い。

（普通に考えたらシロさん、かな？　――あ、それより）

よさそうな呼び方を思いついた瞬間、十和田と目があった。彼がやや声を張る。

「最後に、みんなもう気づいてると思うけど、今日から新メンバーが加わります」

手で示されて、全員の視線が数音に向く。

「製品チームからこっちへくることになった、寿数音さん」

数音は丁寧《ていねい》に頭をさげた。

「よろしくお願いします」

「おう」とか「よろしく」という声と一緒に、パラパラと拍手が起こる。みんなの表情をうかがってみたものの、歓迎されているか否《いな》かわからなかった。

(とりあえず、最初の三日が勝負)

数音はそっと拳《こぶし》を握った。

(三日で『使えるリフトマン』だって証明してみせる)

三という数字に意味があるわけではないけれど、勝手に目標を定める。

意気ごむ数音とは対照的に、十和田は淡々と言った。

「仲良くやってね~。じゃあ、今日も安全第一で頑張りましょう。——解散」

持ち場が決まっているらしく、全員迷いなく去っていく。数音は十和田に近づいていった。

「シロ先輩。私はなにをすればいいですか?」

さっき思いついた呼び方で声をかけると、彼はちょっと驚いたように瞬きし、それから口元をゆるめた。

「先輩か~。考えたね」

「ダメですか」

「いいよ。――うん。後輩ができるなんて感慨《かんがい》深いな。欠員が出ても、採用されるのは経験豊富な歳上《としうえ》ばっかりでさ」

現場では若手を育てる時間がないため、未経験者は敬遠されがちだときいたことがある。数音が赤石に指導してもらえたのは、幸運だったのだ。

しみじみ感謝する数音の前で、十和田が万歳《ばんざい》をした。

「あ〜、これで軍手の洗濯《せんたく》から解放される〜」

数音は内心ずっこけた。

(……本当に下っ端だったんだ！)


ヘルメットをかぶってきちんと顎《あご》ヒモをかけ、数音はフォークリフトに乗りこんだ。

(とりあえず、フォークリフトに乗れてよかった〜)

「なにをすればいいですか?」という質問に、十和田は「異動初日だし、フォークリフトで空《から》パレットを回収して」と答えたのだ。

（一日軍手洗ってろとか言われたら、どうしようかと思った）

フォークリフトに乗せてもらえなければ、『使えるリフトマン』だと証明することができない。

部品チームが所有するフォークリフトは九台。後部にカウンターウエイト——つりあいをとるための重り——を備えた、カウンターバランスフォークリフトだ。リーダーには、べつに専用のフォークリフトがあるという。

数音がいた製品チームのフォークリフトには、四角いダンボール箱に入った冷蔵庫を左右からはさみこんで持ちあげるため、ベールクランプと呼ばれる平たい鋼板のアタッチメントが装着されていた。部品チームのフォークリフトには、フォーク——爪——と呼ばれる、スキーの板に似た二本の細長い鋼板がついている。この細長い鋼板で、荷を下からすくいあげて運ぶのだ。

しかし、荷が地面に直接置かれているとフォークを差しこむことができないし、小さいとフォークの隙間《すきま》から落ちてしまう。そこで、パレットという四角い荷役台《にやく》に荷を置き、パレットごと運ぶ。パレットには必ず差込口があって、そこにフォークを差しこんで持ちあげるのだ。表面が平らな平《ひら》パレットや箱型のボックスパレットなどがあり、この工場で主に使用しているのは、前後左右の四方向に差込口があるプラスチック製の平パレットだ。

サイズは長さ幅ともに約一・一メートル、高さは約十五センチメートル。

パレットをすくうフォークの根本は、マストと呼ばれる柱にくっついており、マストを前後に倒すことでフォークを傾けることができる。上下の高さもかえられる。

マストを倒すのはティルトレバー、フォークの高さを調節するのはリフトレバーで行う。

運転は車とほぼ同じ。アクセルペダルを踏んで動き、ブレーキペダルで停止する。ただし車は前輪で舵《かじ》をとるのに対して、フォークリフトは後輪で舵をとる。

前進、後進は走行レバーで切りかえ、方向転換は車より小ぶりのハンドルで行う。

フォークリフトの種類によって、レバーなどの位置は異なる。数音が使用するフォークリフトは、シートに座って正面にハンドルが、右斜め前にティルトレバーとリフトレバーがあった。

講習では、左手でハンドルを回し、右手でレバーを操作するように教えられた。ハンドルには、片手でも回しやすいように突起がついている。基本的にバック走行。大きな荷を積んでいると視界がふさがれて前が見えず、危険だからだ。

フォークリフトは小型の乗り物だが、それ自体の重さはトン単位だ。ひとたび事故を起こせば、大ケガにつながる可能性が高い。しかも万一人身事故を起こした場合、被害者と加害者は同じ職場の顔見知り。心理的なダメージも大きい。数音は安全確認について、赤石から徹底的に叩きこまれていた。

（よ〜し、やるぞ！）

シートベルトをしめ、エンジンをかける。

このタイプのフォークリフトに乗るのは初めてではないけれど、久し振りだから緊張する。まずリフトレバーを引いて、フォークを地面から十五センチメートルほど上げる。フォークを上げて走行しないとアスファルトをガリガリこすってしまうし、方向転換した際、ちょっとしたでっぱりに引っかかってしまう。逆に、停止した時はフォークを地面につけておかなければならない。浮かせておくと、誰かがつまずいて転ぶかもしれない。

フォークを上げたらブレーキペダルを踏み、走行レバーを後進に入れる。途端にピーピーと電子音が響く。前進、後進で違う音が鳴り、人や物に近づきすぎると「危険デス、危険デス」とアナウンスが流れる。レバーの位置と同じく、電子音やアナウンスもフォークリフトの種類によって異なる。

最後にサイドブレーキを解き、前後左右を指差し確認してようやく発進だ。

数音は、フォークリフトの充電場所から外へ出た。出てすぐ、広い駐車場になっている。その向こうにラインのスタート地点——中央棟の東口——が見えた。大きなシャッターが開き、ぽかりと四角い口を開けている。フォークリフトが中へ入れるようになっており、何台か行き来していた。

（うわ～）

駐車場には、部品をのせたトラックが続々と入ってきている。どれも四トンや十トンの大型トラックだ。部品チームのメンバーは自分が担当する業者の部品をおろし、東口の所定の場所へ運んでいく。そこから先は、「みずすまし」と呼ばれる部品供給係が、ハンドリフトや台車でラインのそばまで運んでくれるのだ。みずすましは部品が入ったダンボール箱やビニール袋だけを取っていくため、空になったパレットが現場に放置され、邪魔になる。それを回収するのが数音に割り振られた仕事だった。

パレット積みは基礎中の基礎。数音はこの工場へきたばかりの頃、赤石の命令でパレット積みばかり延々とやらされた。下手《へた》な人間が積むと、上下のパレットが少しずつずれて見栄えが悪くなってしまう。

（重箱みたいに、きっちり重ねてみせる！）

パレット置き場は、三つある倉庫の外壁にそって引かれている白線の内側だ。線からはみださないように置かなければならない。高さ制限もある。

（手早く片づけよう）

短時間で正確に作業する。それが『使えるリフトマン』というものだろう。

数音は、そこここに散っている空パレットを集め、所定の場所へ積みあげていった。フォークを差しこむ時に多少もたついたが、すぐにコツをつかんだ——というより、思い出すことができた。やがて中央棟から、休憩を知らせるチャイムが響いてきた。

フォークリフトからおり、自分が並べたパレットを眺める。

（うん。いいんじゃない？）

その時、視界のはしをなにかがツーッと横切った。そちらを見て、わずかに呼吸を止める。

（シロ先輩？）

彼が乗っているのは、リーダー専用のリーチフォークリフトだ。立ったまま操作するタイプで、フォークを上下させるだけでなく、停止したまま前へ突き出したり後ろへ引っこめたりすることができる。数音たちが使っているカウンターバランスフォークリフトよりも車体がコンパクトで小回りがきき、その分少々不安定だ。

（……上手《うま》い）

フォークリフトやトラックが多数行き交う駐車場は、いたるところに凹凸《おうとつ》や亀裂ができている。彼はそれらを器用によけ、なめらかに進んでいく。大きなダンボール箱を四段積んでいるのに、まったくぐらついていない。まるで——。

（氷の上をすべっているみたい）

数音は吸い寄せられるようにリーチフォークリフトが消えた第一倉庫へ近寄った。ここには、コンテナで海外から運ばれてきた部品が保管されているときいた。そっと中をのぞき、目を丸くする。

（うわ～。綺麗《きれい》な倉庫）

真ん中に広い通路があり、左右にダンボール箱を積んだパレットが整然と並べられている。通路にそって、ざっと十パレット。奥に向かって五パレットほどだろうか。

床に線など引かれていないのに、パレットとパレットの間隔《かんかく》は定規で測ったように等分だった。パレットとダンボール箱がセットで二段に積まれていたけれど、上下もピタリとそろっている。

「すげぇだろ」

すぐ後ろで声がして、数音は飛びあがった。安岡が立っている。彼は顎《あご》で倉庫の奥を示した。

「あいつ、あんなにゆるい性格してるくせに、リフト操作はミリ単位の正確さだからな」

「へぇ～」

考えるまでもなく、フォークリフトの腕が確かでなければリーダーなど務まらない。

「技術だけじゃなくて、アタマも必要なんだぜ」

安岡が、自分のこめかみをつつく。

「部品は種類が多い上に出し入れが激しいからな。すぐに使うものを奥へ入れちまったら、取り出す時に手前のパレットを全部どけなきゃならない」

ぐずぐずしていたら供給が間にあわず、ラインが止まってしまう。

「ちなみに、ラインを止めるとリーダーが工場長に呼び出されて、大目玉をくらう」

「マジですか」

「それだけじゃねぇ。始末書と対策案の提出というオマケつきだ」

「うわぁ……」

デスクワークが、というより、机の前に座っていること自体が苦手な数音は青ざめた。

「あれ、二人ともどうしたの」

倉庫の奥から、リーチフォークリフトに乗った十和田が現れた。

安岡が胸を張る。

「感謝しろよ、シロちゃん。新入りにお前のことアピールしておいたから」

十和田は顔をしかめた。

「え〜。なんかウソくさいなぁ。悪口ふきこんだんじゃないの?」

「あの」

数音は半歩前へ出た。

「なにかやることありませんか?」

空パレットの回収は、他の作業をしながらでもこなせそうだった。

「あぁ」

十和田はちょっと考えてから言った。

「じゃあ、休憩いってきなよ」

「え」

「ちょうどラインの方も休んでるでしょ。——やっさん、いつもみんなが集まってる外の休憩所あるよね。あそこへ連れていってやってよ」

「はいよ」

安岡に手招きされ、数音はしぶしぶあとに続いた。チャンスがもらえなくてガッカリだ。倉庫を出る直前に振り返ると、十和田はもうこちらを見ていなかった。彼はリーチフォークリフトを手足のように操作し、パレットを移動させている。その目は真剣で、あのゆるい笑顔はどこにもなかった。

（まずい）

部品チームに異動して三日目の朝。相変わらず和《なご》み系のミーティングをきき流しながら、数音はひそかにあせっていた。

三日で『使えるリフトマン』だと証明するつもりだったのに……。

（私、この二日間、空パレットの回収しかしてない！　――いや、軍手の洗濯《せんたく》もしたけど……って、そういう問題じゃなくて！）

あせりのあまり、自分自身に突っこんでしまう。

（なんとかして、中身の詰まったブツを運ばせてもらわなければ！）

部品の価格は、モノによっては一個――工場ではピースという――千円単位になる。うっかり落として破損させたら大問題だ。だから信頼されているリフトマンほど、高価な部品を担当している。

（つまり、空パレットは信頼度ゼロ）

「――ハイ、解散」

十和田の声に、我に返る。数音は拳を握り、彼に近づいていった。

「あの、今日は――」

「あぁ、引き続き、空パレットの回収お願いね」

「私――」

「他の作業もできます」と言う前に、十和田の手が伸びてきて頭に置かれた。

「いや〜、カズがきてから放置パレットが激減して、助かるわ〜」

大きな手が、数音の前髪をくしゃくしゃにする。

「よろしくな」

そう言われると反論できない。

年齢や性別に関係なく新人をしごきまくっていた赤石と比べたら、気さくで優しい人なのだが……。

(なんか私、半人前扱いされてない?)

両手で乱れた髪を直し、唇を引き結ぶ。

(ダメだ。このままじゃ、空パレットの回収だけで、目標の三日が終わっちゃう)

数音はものすごいスピードで散在する空パレットを集め、可能な限り綺麗に積みあげた。

自分の仕事を一段落させ、ある人物を探す。

「やっさん!」

　彼は十トントラックの荷台から、鉄カゴに入った部品をおろしていた。鉄カゴには四本の短い脚がついており、フォークが差しこめるようになっている。サイズが大きい上、二段重ねなので、バランスがとりにくそうだ。しかし、安岡は抜群《ばつぐん》の安定感でスイスイとおろしていく。

　数音は邪魔にならない距離でフォークリフトをとめ、右サイドから身をのり出した。前方に手や顔を出すと、マストにはさまれて大ケガを負うことがある。このフォークリフトには、安全のためガラスがはめられていた。

「すみません！」

　大声で呼びかけたら、彼は少々迷惑そうな顔をしつつも作業を止めてくれた。

「あ？」

「なにか手伝えることはありませんか？」

「お前さん、自分の仕事は？」

「一段落つきました」

　安岡が沈黙する。迷っているようだ。数音はもうひと押ししてみた。

「私、早く仕事を覚えたいんです！」

「へぇ」

彼はニヤリと笑った。

「やる気満々だねぇ。じゃ、あの部品を第二倉庫へ入れてもらおうか」

少し離れた場所にパレットがあり、青い箱が三段に積まれていた。

「倉庫に入ってすぐ右側に置いといてくれたらいいからさ。――落とすなよ」

最後の一言だけ、わずかにすごみがあった。

「はい！」

ようやく『実』のある仕事をもらえた。いや、『中身』のある仕事か。

数音は方向転換してパレットに近づき、差込口にフォークを差しこんだ。持ちあげて、マストを手前側に少し倒す。水平の状態より、荷が安定する。

(第二倉庫……)

走り出そうとした時だった。「うお～い」と、どこか間延びした声がして、リーチフォークリフトに乗った十和田が近づいてきた。

「なにやってるの。その部品はやっさんの担当だから、カズは手ぇ出さなくていいよ」

「でも――」

十和田は、安岡に視線を転じた。

「ダメだろ、やっさん。人に仕事押しつけちゃ」

「違います。私が頼んだんです」

数音は慌てて訂正《ていせい》した。安岡は涼しい顔だ。

「いいじゃねぇか。ちょっとくらい」

「私、早く仕事を覚えたいんです」

安岡と数音を見比べて、十和田は小さく息をついた。

「やる気があるのはいいけどさ。まず自分の仕事から――」

数音は彼の言葉をさえぎった。

「空パレットの回収なら、一段落ついてます」

「なら、ちょっと早いけど休憩いってきなよ。それはオレが運ぶから」

その一言に、カチンときた。

(私じゃダメってこと?)

なぜやらせてくれないのだろう。数音レベルでは、部品の運搬は任せられないと考えているのだろうか。だったら、はっきりそう言ってくれたらいいのに。

(休憩ってなに)

優しく遠ざけられているようで、腹が立つ。

仕事がしたいのに。フォークリフトの仕事が。

(私って、実はそんなに下手《へた》?)

ふっと弱気になりかけ、慌てて首を横に振る。今まで赤鬼……否《いな》、赤石の下で頑張ってきたのだ。自分が『使えないリフトマン』だなんて、認めたくない。

数音はハンドルを握る手に力をこめた。

「私、……から」

しぼり出した声は、かすれていた。

「え?」

十和田が首をかしげる。数音は奥歯を強くかみ、息を吸いこんだ。

「心配しなくても、私、ちゃんとできますから!」

安岡をはじめ、周囲の作業者やドライバーが驚いて動きを止めるほどの大声だった。叫んだ本人もびっくりして、唇に手をあてる。

(しまった)

熱くなっていた胸が、一瞬で冷えた。リーダーに口答えするなんて、ましてや怒鳴るなんて、製品チームでは考えられないことだった。

青ざめる数音の前で、十和田は目を丸くした。二、三度瞬きし——。

「うん」

穏やかにうなずく。彼はやや垂れぎみの両目を細めて笑った。

「知ってるよ～」


（怒られなかった……）

自動販売機の前で、数音はうなだれた。頭に軽い衝撃が走り、ヘルメットをかぶったままだと気づく。短いツバが自動販売機にぶつかったのだ。顎《あご》ヒモを外してぬぎ、汗でぬれた短い髪をかきあげる。

「あ～あ」

ため息がもれた。

結局、部品は運ばずに十和田に任せ、休憩をとることになった。

場所は中央棟のすぐ南側。昨日、安岡に案内してもらった屋外の休憩所だ。たくさんのベンチが並び、ベンチを囲むようにして飲料水やスナック菓子の自動販売機が置かれている。頭上には雨をよけるための屋根があった。まだ休憩時間前で、他に人影はない。

数音は自動販売機に小銭を入れた。

（最悪）

あのあと、数音たちの様子をうかがっていた人々は、なにも起こらないとわかると作業を再開した。険悪な空気にならずにすんでホッとしたものの……。

（なんかイラッとくる。あの笑顔）

数音の立場が悪くならないように大人の対応をしてくれたのだろうが……、これでは半人前というより子ども扱いだ。

（ムキになった私も悪いんだろうけどさ）

ミネラルウォーターのボタンを強く押した時だった。

「カズくん！　こんなところに……！」

事務員の制服を着た、小柄な女性が駆けてきた。製品課の小谷《こたに》ちか子だ。身体《からだ》のすべてのパーツが小さくて可愛《かわい》らしいため、ちぃちゃんと呼ばれている。数音とは同い歳《どし》ということもあって、親しくしていた。

彼女は、「工場内で走ってはいけない」という規則を破り、全力疾走してきた。勢いあまって二人はぶつかってしまう。数音の手からヘルメットが落ち、ベンチの間に転がった。

彼女がこんなに取り乱す姿は初めて見た。

「どうしたの？」

「大変だよ」

小谷が、涙目で数音の作業着の袖《そで》をつかむ。

「三台、足りないの！」

「は？」

十和田との一件で頭がいっぱいになっていた数音は、とっさに理解できなかった。

じれたように、小谷が声を張る。

「だから！　カズくんが異動する前――最後に積みこみした冷蔵庫、三台足りないって！

さっき、北海道センターから電話があったの！」

ことの重大さに気づき、血の気が引いた。

「私……、積み間違えた？」

数音のつぶやきに、小谷がうつむく。彼女は即答を避けた。

「事務所、大騒ぎだよ。カズくんを呼んでこいって」

(赤鬼に殺される)

情けないことに、最初に頭に浮かんだのはその一言だった。

(最後の積みこみって……、なにも問題なかったと思うけど)

出荷明細通りに製品をトラックの荷台にのせた……はずだ。

製品が入ったダンボール箱には製品番号が印字されたシールがはられており、素手で簡単にはがせる。製品を積む際にシールをはがし、積みこみが終了したら出荷明細と一緒に事務所へ提出するのだ。事務員がシールと出荷明細をチェックし、ＯＫが出なければトラックは出発できない。

（つまり、私も事務員も見落としたってこと？）

考えこんでしまった数音に、小谷が小声で言った。

「シールと出荷明細は、事務所で保管してるの。さっき取り出して確認してみたら、やっぱりシールが三枚足りなかった。――で、あの日チェックしたの……、私なんだよね」

誰がシールをチェックしたかは、出荷明細に押された認印《みとめいん》でわかるという。だから彼女は責任を感じ、息を切らして駆けてきたのだ。

小谷が深々と頭をさげた。

「気づかなくて、ごめんなさい。私のせいで――」

「そんな。そもそも私が間違えなければ――」

二人で頭をさげあっていると、遠くから大声が響いてきた。

「カズ！」

小谷が飛びあがり、数音のかげに隠れた。

「出た、赤鬼！」

肩を怒らせ、のしのしと赤石が歩いてくる。顔どころか首まで真っ赤だ。頭から湯気がたちのぼっているように見える。怒って当然だ。今すぐ再出荷しても、もう納期には間にあわない。運送料も余計にかかる。運送会社の手配、発注書の作成、積みこみ……。事務員もリフトマンも、いらない仕事が増える。そして、リーダーは責任を問われる。

数音は震えている小谷の肩をそっと押した。

「事務所へ戻ってて」

「でも――」

「大丈夫だから」

彼女は迷ったが、赤石の鬼の形相《ぎょうそう》に耐えかねたようにあとずさった。

「ゴメン！」

小さく手をあわせ、背を向けて走り出す。

赤鬼――否、赤石は、数音のすぐ前までくると足を止めた。去っていく小谷を目で追う。

「話はきいたな」

「はい」

「あれ？　意外に静かな声だ」と思った次の瞬間、雷が落ちた。

「てめぇ、なにやってんだ！　ぬるい仕事しやがって！」

鼓膜《こまく》が震えるほどの大声だった。

「台数の確認なんて、基礎中の基礎だろう！　あんなデケェもんが三台も足りねぇなんて、間抜けもいいとこだ！　お前の目は節穴《ふしあな》か！」

太い指を目の前に突きつけられ、身体がすくむ。角《つの》が生えていないのが不思議なくらい怖い顔だった。謝りたいのに、声が出ない。

「うっかりミスで済まされるレベルじゃねぇぞ！　お前のせいで、どれだけの人に迷惑がかかると思ってんだ！　金だけじゃない。信用の問題だ！　わかってんのか——」

あとはもう、ききとれなかった。というより、人語になっていなかった。地鳴りと竜巻と豪雨をあわせたような、とにかくものすごい破壊力をもった「音」がふりかかってくる。

そんな時に限って休憩のチャイムが鳴り、中央棟から人が出てきた。みんなギョッとしたように立ち止まり、遠巻きに見ている。たまらず回れ右をする者もいた。

部品チームのメンバーの顔もあり、身が縮んだ。なにより恥ずかしかったのは——。

(私、全然できてなかった)

十和田に「ちゃんとできますから」なんて、大見得《おおみえ》切ったくせに。

今回のミスはフォークリフトの操作とは関係ないけれど、仕事というくくりで見ればできていないのと同じだ。少なくとも数音にはそう思える。

（やっぱり、私は戦力外で――）

地面がぐらぐら揺れているみたいだ。いや、揺れているのは自分自身か。

うつむいて唇をかんだ時、地面に人影が差した。

「どうも～、お取りこみ中すみません」

いっそ清々しいほど、のんびりした声。

声がした方を向き、数音は目をむいた。

（シロ先輩！）

こんな修羅場《しゅらば》にのこのこ入ってくるなんて、どういう神経をしているのだろう。

虚を衝《つ》かれたのか、赤石が口を閉じる。しかし、すぐに険しい表情に戻った。

「邪魔をするな」

「でも、もう休憩終わってますし。カズは今ウチのメンバーなんで、仕事に戻ってもらわないと」

気がつけば、野次馬が綺麗《きれい》に消えている。いったいどのくらい時間がたったのか、数音にはわからなくなっていた。

「こっちも仕事の話なんだよ」

にらまれても十和田は動じなかった。

「あぁ、シールが三枚足りなかったってヤツですか。それなら、真相がわかりましたよ」

「は？」

「え？」

赤石と数音は同時に間抜けな声を発した。十和田は平然と続ける。

「あの日発行した出荷明細とシールを、改めて全部チェックしてみたんです」

事務員は、出荷明細とシールを封筒へ入れて保管している。封筒はトラックごとにわけられており、三日前に積みこみを行ったトラックは二十二台あった。十和田は残り二十一の封筒を全部開けて、出荷明細とシールを照らしあわせてみたという。

「そしたら、例の三枚はべつの封筒に入っていました。どうやら受付が非常に混みあった時間があったらしく、うっかり入れ間違えたようです。いや〜、すごい偶然ですね」

「ちょっと待て」

すぐさま赤石が手をあげた。

「じゃあ、どうしてモノが三台足りないんだ。おかしいだろ」

シールがあるなら、製品はトラックにのせたはずだ。勝手に消えるわけがない。

十和田は、指を二本立てた。

「問題のトラックは、二カ所積みだったんですよ」

「あ」と、赤石がつぶやく。数音もすぐに合点《がてん》がいった。

この工場の倉庫では、できあがった冷蔵庫をすべて格納しきれないので、よそに倉庫を借りているのだ。二カ所積みとは文字通り、工場と外部倉庫の二カ所で積みこみを行うことをいう。工場から出荷の依頼を受けた外部倉庫の事務員が出荷明細を発行し、そちらで雇われているリフトマンが積みこみをする。出荷明細とシールは外部倉庫で保管され、こちらでは確認できない。

「さっき課長が外部倉庫に問いあわせて調べてもらったら、あちらで保管されているシールが三枚足りなかったそうです。カズのミスじゃないですよ」

フーッと、赤石が長いため息をついた。そして真っ直ぐに数音を見る。

「怒鳴って悪かったな、カズ」

軽く頭までさげられ、数音は慌てて両手を振った。

「いえ、そんな――」

「きちんと確認してから叱《しか》るべきだった。頭に血がのぼっちまって」

「いいんです」

「じゃ、カズはもらっていきますんで」

十和田に手を引かれ、つんのめるようにして歩き出す。自動販売機が視界に入り、数音は「ミネラルウォーター取り忘れた」などと、どうでもいいことを頭の片隅で考えた。

「――ズ？　カズ！」

何度か呼びかけられ、我に返る。

「え？」

気づいたら、部品チームの休憩室の前にいた。正面に十和田が立っている。

「大丈夫か？」

「はい」

うなずいたそばから、膝が震えた。

（怖かった）

二十一年の人生の中でダントツ一位に輝くくらい、怖かった。しばらく夢でうなされそうだ。

十和田の手がゆっくりと伸びてきて、ポンと頭に置かれた。

「オレもビビッた」

垂れぎみの目を細めて笑う。

のんびりした口調と優しい笑顔と、頭に置かれた大きなあたたかい手――。

涙腺《るいせん》がゆるみそうになり、数音は慌てて顔をそむけた。

「す、すみません。ありがとうございました。私、仕事に戻ります」

早口でまくしたて、ぎくしゃくと背を向ける。

「待って」

十和田に肩をつかまれる。

「さっきはああ言ったけど、少し休んでから――」

その時、「シロちゃん」と声がして、安岡が現れた。

「ちょっときてくれ。コンテナで部品の落下事故が起きた」

十和田の手が離れる。そのすきに数音は歩き出した。後ろで彼がなにか言ったようだが、立ち止まらなかった。

(危なかった～)

熱くなっている頬《ほお》を両手で押さえる。そして、ハタと気づいた。

(あれ？　ヘルメットは？)

フォークリフトに乗る時は、必ずヘルメットをかぶらなければならない。リフトマンは全員、氏名と血液型が書かれたヘルメットをもっている。

(確か、自動販売機の前では、かぶってたよね。――そうだ。ちぃちゃんが飛びついてき

て、落としたんだった)

あの場所へ戻るのは気が重かったけれど、仕方ない。

数音は休憩所へいき、ベンチを囲むようにして並んでいる自動販売機のかげから中をうかがった。

(うわ。まだいる)

たくさんあるベンチの一つに、赤石が腰かけている。数音の位置からは、彼の横顔が見えた。しかも一人ではない。赤石の正面には沢野《さわの》――サワさん――がいた。古参《こさん》のリフトマンで、やせてメガネをかけた物静かな人だ。性格が真逆なのに、なぜか二人は気があうようだった。

「――よかったな。始末書を提出せずにすんで」

沢野がタバコに火をつけ、赤石がうなずいた。

「まったくだ」

話題は、例の積みこみの件らしい。

(まずい)

すぐこの場から立ち去ろうと思うのだが、身体《からだ》が動かない。数音が立ちすくんでいる間に、二人の話はべつの方向へそれた。

「そういや、どうしてカズにしたんだ？」

　沢野の口から自分の名前がもれ、数音はギクリとした。

「ん？」

「部品チームへの異動だよ。遠藤《えんどう》あたりでもよかったんじゃないか？　あいつ、しょっちゅうミスるし、休むし」

　数音の心臓が、ものすごい速さで動き出した。

　尋ねたくて、できなかった質問。

『私は戦力外だったんですか？』

　今なら、赤石の本音がきける。いや、ききたくない。

　真逆の思いが一気にこみあげて、どうしたらいいかわからなくなる。かたまっている数音の耳に、赤石の声が飛びこんできた。

「そうだな……。カズのフォークリフトの腕は、二年目にしてはまぁ及第点だ。遠藤よりはるかに真面目《まじめ》だし、伸びしろもある」

「じゃあ」

「けどよ」

　赤石が手を振った。

「アレだ……、ほら。女ってのは色々気ぃつかうし、面倒だろ」

つかの間、数音の頭は真っ白になった。

（女だから）

フォークリフトのスキル以前の問題だったのか。

ぐらりと身体が傾き、とっさに自動販売機に手をつく。小さいけれど確かに音が響いて、二人がこちらを向いた。

沢野が「しまった」という顔をする。赤石は数音と目があうと、気まずそうにそらした。

（面倒って……、思われてたんだ）

無言で回れ右をした途端、なにかにぶつかる。

「！」

十和田だ。数音を休ませようと、追いかけてきたらしい。いつからそこにいたのだろう。

全部きいていたのか……。

（――もう、無理！）

頭も感情もぐちゃぐちゃで、なにも考えられない。

数音は全速力で駆け出した。

（はー、なんかここ、落ち着く）

第一倉庫の片隅。壁を背にしてコンクリートの床に直接座り、数音は自分の膝を抱えた。目の前には整然と並べられたたくさんのパレットと、ダンボール箱がある。

埃《ほこり》のにおい。遠くにきこえるトラックやフォークリフトの音。人のざわめき。

（もうちょっと。もうちょっとだけ）

目を閉じ、顔をあげて深く息を吸う。波立つ心が静まったら仕事に戻ろう。

フォークリフトに乗って、空《から》パレットを積むことだけに集中していれば、やがて胸の痛みは消える。

「あ、泣いてないんだ」

すぐ前で声がして、数音はパッと目を開けた。

「シロ先輩」

彼は腰を屈めて数音の顔をのぞきこんでいた。

「どうしてここが……？」

「だって、オレの縄張りだもん」

わけのわからない説明だ。

「異変があると、倉庫に入った瞬間ピンとくるんだ」

今度はウソくさい。けれど、数音は小さく笑ってしまった。十和田は数音の左隣に座った。

「本当は、ずいぶん探した。――のむ？」

ミネラルウォーターのペットボトルを差し出してくる。

「ありがとうございます」

数音が受け取ると、彼は自分用のミネラルウォーターのキャップを開けた。

「ちょっと心配した。泣いて帰って、二度と戻ってきてくれないんじゃないかと思った」

やはり彼も赤石たちの会話をきいていたのだ。

数音は少しだけ唇をとがらせた。

「べつに……、泣きませんよ」

十和田に頭をなでられた時は危なかったが。

自分の靴先《くつさき》を見つめる。会社から支給された作業靴は、一年でボロボロになっていた。

「私、なんで異動になったか気になってて……。戦力外通告ってわけじゃなくて、よかったです」

しみじみつぶやくと、十和田が、のみかけていたミネラルウォーターをふきだした。

数音は首をかしげた。

「なにか変なこと言いました？」

「いや」

十和田は口元をぬぐった。

「よかったって……、そういう風に考えるんだ。すごいな、カズは。オレならグーで殴《なぐ》ってるとこだ」

「殴る？　赤石リーダーを？」

「うん」

絶対に無理だろう。万一やれたとしても、ボコボコに殴り返されるのがオチだ。

数音は苦笑した。

「シロ先輩でも怒るんですか？」

「え？　怒るよ、フツーに。――っていうか、あの人、カズに気ぃなんかつかってた？」

「手加減なしで怒鳴りつけてたじゃん」と、ふくれる。子どもみたいだ。

十和田の横顔を眺め、数音は思い切って口を開いた。

「あの、きいてもいいですか？」

「どうぞ」

「どうしてシールをチェックしたんですか?」

「あぁ。ちぃちゃんがカズを探してて、様子がおかしかったから事情をきいて……」

「そうじゃなくて」

数音はさえぎった。

「シロ先輩は部品チームのリーダーで、製品のことは関係ないのに……」

シールを全部確認するのは、けっこうな手間だっただろう。

十和田はサラリと答えた。

「だって、カズのミスじゃないと思ったから。じゃあ、なにが原因だろうって興味がわいて」

数音は目を丸くした。

「なんで私のミスじゃないって思ったんですか?」

たった二日半しか一緒に働いていないのに。

「そりゃ、パレットの積み方を見ればわかるよ。カズは冷蔵庫を三台も積み忘れるなんて、いい加減な仕事はしない」

きっぱり言い切られ、じんわりと胸が熱くなった。「それに」と、彼はつけ加えた。

「オレ、この一年間、ちょくちょくカズのこと見てたよ。真面目《まじめ》に働くし、フォークリフトの操作も丁寧《ていねい》で、筋がいいと思ってた」

全然気づかなかった。

ほめられて嬉しい反面、数音の中でむくむくと疑問が頭をもたげてくる。

「その割にシロ先輩って、私のこと半人前扱いしてませんか？　しょっちゅう休めって言うし」

「べつに半人前扱いしたつもりはないけど……。カズ、緊張のせいか力みすぎててさ。ちょっとリラックスさせた方がいいと思って」

確かに、不安であせって、肩に力が入っていたかもしれない。

数音はやや声を落とした。

「じゃあ、空パレットしか運ばせてくれないのは？」

「それは初日に説明しただろ。三日間は空パレット集めながら、できるだけ周りをよく見て、人や部品の流れをつかんどけって。――え」

数音に無言で見つめられ、十和田が頭をかく。

「あれ？　オレ、言ってなかったっけ？」

「きいてません」

確か、「異動初日だし、フォークリフトで空パレットを回収して」としか言わなかったはずだ。

この人は、時々本当にゆるいらしい。

数音は勢いよく立ちあがった。グーで殴られるとでも思ったのか、十和田が両手をあげる。

「ゴメン、ゴメン。まぁ、空パレットの回収は今日で終わりだから。安心して」

「それなら、今からでも周りをよく見てきます」

倉庫の出入り口へ向かって歩き出す。数音の後ろから、十和田の声が追いかけてきた。

「カズは戦力外じゃないよ。部品チームはきみを歓迎する。今日はみんなでラーメンでも食いにいこう」

振り返り、数音は笑った。

「シロ先輩のおごりなら」

第二話　どうしてそんなに頑張るんですか？

「へ～。カズ、サッカーやってたんだ」

運ばれてきた豚骨ラーメンにコショウをふりかけながら、十和田《とわだ》が言った。

場所は、工場から歩いて五分のところにあるラーメン屋だ。カウンターだけの狭い店内は、部品チームの十名が座ると満席になった。

「いつから？」

「小学校三年生から」

数音《かずね》が通っていた高校の名前をきいて、彼はやや垂れぎみの目をみはった。

「有名なトコじゃん。ガチでやってたのか。――なるほどね」

数音は箸《はし》を止めた。自分の右隣にいる十和田を見る。

「なるほどって？」

「いや。異動のこと、戦力外通告とか言ってあせってただろ」

「べつに、あせってなんか……」

「仕事なんてさぁ、できるだけサボりたい、ラクしたいって考える人も多いじゃん。戦力外ならそれでいいや、のんびりやろうってさ。でもカズは外されてたまるかって、全力で働いてた。そういうところがアスリートっぽいというか、負けず嫌いというか、闘争本能の塊《かたまり》というか……」

「ほめてるんですか？　けなしてるんですか？」

「もちろん、ほめてるんだよ～」

「……」

疑いの眼差《まなざ》しを向ける数音に、十和田はカラリと笑った。

「オレも同類。野球やってたから」

「え」

「無名の高校だったけど、三年の夏、地区大会の決勝までいったんだよ。──だから、わかる。すげー頑張ったのに認められない悔《くや》しさとか。悔しくて、ムキになったりするのも」

数音は瞬きした。彼はいつも穏やかで感情的になったりしないと思っていたのに、意外だ。

「ちなみに、ポジションは？」

「キャッチャー。――で、キャプテンだった」

「へ～」

「おう、カズ。食ってるか？」

トイレにいっていた安岡《やすおか》が、数音の左隣に座った。

「今日はぜ～んぶ、シロちゃんのおごりなんだろ？　オレ、三日分食うぜ」

「えっ、全部？」

十和田の箸から、すくいあげていた麵がボトボトと落ちた。

カウンター席にずらりと並んでいたメンバーが、「ごちになります！」と頭をさげる。

十和田は天井をあおいだ。

「ウソだろ。勘弁して～」


みんなでラーメンを食べにいった翌朝。数音が休憩室の脇にある洗濯機《せんたくき》に軍手を放りこんでいると、事務員の制服を着た女性が声をかけてきた。

「おはよう、寿《ことぶき》さん」

部品課の畦倉美琴《あぜくらみこと》だ。部品課には事務員が五人いる。異動初日に挨拶《あいさつ》していたので、顔を覚えていた。背中まで伸びた長い髪。切れ長の瞳。高い鼻に、つややかな唇。ひかえめながら完璧《かんぺき》なメイク。美人でスタイルがいいと、チーム内で評判だ。年齢は十和田と同じ二十六だときいていた。

数音は会釈《えしやく》した。

「おはようございます」

「毎日早いね〜。あんまり頑張りすぎると、バテちゃうよ?」

「あ……、はい。気をつけます」

うなずいて、洗濯機のスタートボタンを押す。会話が途切れたから立ち去るかと思ったが、彼女はその場にとどまり、じっと数音を見ていた。

「?」

首をかしげる数音に、畦倉が尋ねてきた。

「昨日、歓迎会だったんだって?」

「はい」

「ラーメン屋さんで?」

「そうです」

「寿さんって、女の子なんだよね？」

突然話がそれ、数音は面食らった。

「はぁ」

間の抜けた返事になる。畦倉はため息をついた。

「若い女の子をラーメン屋へ連れていくなんて、シロくんは気が利《き》かないなぁ。――ねえ？」

「いえ。私、ラーメン好きですから」

数音としては、上品なフランス料理店などに連れていかれる方が困る。

「え～。ホントに？　かわってるね～」

「……」

どう答えたものか悩んでいる内に、彼女が続けた。

「かわってるっていえば、寿さん、どうしてリフトマンになったの？　女の子なのに大変じゃない？　うちの工場、ほとんど外での作業でしょ。屋根もなくて暑いし、寒いし、風強いし、雨ふるし、それに日焼けしちゃわない？　私には絶対無理」

「……」

なにか言おうと思うのだが、どういうわけか言葉が出てこない。口をぱくぱくさせていたら、後ろから声をかけられた。

「おはよーさん」

十和田だ。歓迎会の費用を全額支払ったせいか、冴えない顔をしている。

「シロ先輩、昨日は――」

「ごちそうさまでした」と数音がお礼を言う前に、畦倉が十和田の肩を軽くたたいた。

「きいたわよ、シロくん。ダメじゃない」

「へ？」

「こんな若くて可愛《かわい》い女の子を、ラーメン屋へ連れていったんだって？」

「いいじゃん。腹いっぱいになるし」

「そういう問題じゃないでしょ」

畦倉が腰に手をあてる。数音は二人の間でオロオロした。

「あの、私はべつに……」

「ほら、カズがいいって言ってる」

「気をつかってるだけよ」

「え～」

十和田が頭をかいた時、事務所の中から電話の呼び出し音が響いてきた。

「こんな早くに、誰かしら……」

畦倉が事務所へ向かう。数音は十和田を見た。

「シロ先輩、畦倉さんと仲いいんですね」

「そうかな？　普通だと思う」

十和田が歩き出す。彼の背後から畦倉の声がした。

「シロくん」

事務所の扉から、彼女が顔をのぞかせている。十和田が降参とばかりに両手をあげた。

「わかった。次はうどんにする」

「うどんも却下《きやつか》。——じゃなくて、今の電話、鈴木《すずき》——亮吾《りようご》さんから。ぎっくり腰で、二、三日お休みだって」


「スズさん、またぎっくり腰か」

「オレも去年やったけど、つらいよな〜」

朝のミーティングのため休憩室前に集まってきたメンバーがささやきあう。十和田が軽く咳《せき》ばらいした。

「というわけで、誰かに彼の穴を埋めてもらわないといけません。立候補する人――」

みんなピタリと口を閉じ、石と化す。十和田がため息をついた。

「こういう時だけ、静かになるなぁ」

「あの――」

数音は思い切って手をあげた。

「私、やります。――私にできるなら」

仕事内容を知らないことに気づき、慌ててつけ加える。十和田が嬉しそうに笑った。

「大丈夫だよ。誰にでもできる仕事だから。……フォークリフトはほとんど使わないけど」

「え」

途端に名乗り出たことを後悔《こうかい》する。しかし、今更イヤだとは言えない。まだ担当する部品が決まっておらず、自由に動けるのは数音だけだ。

十和田は前列にいる小柄な男性に目を向けた。

「じゃあ、リンさん。カズのこと、よろしく」

「りょうか～い」

甲高《かんだか》い声で、リンさんと呼ばれた男性が応じる。いつも真っ先に十和田に突っこみを入れる、陽気な人だった。

ミーティングが終了すると、数音はリンさんに近づいていった。彼は数音より頭ひとつぶん背が低く、色黒で、くりくりと丸い目をしていた。年齢は五十代後半だろうか。

「よろしくお願いします」

「こちらこそ。ぼくは鈴木賢介《けんすけ》。いつも組んでるのが、鈴木亮吾。そっちがスズで、ぼくがリン」

鈴木が二人いるから、呼び方をかえているというわけだ。

「悪いねぇ、手伝ってもらって」

「いえ、お役に立てるかどうか……」

「悪いねぇ」

彼は繰り返した。

「本当は、フォークリフトに乗りたかったんだろ？」

（バレてた！）

冷や汗をかく数音についてこいと合図し、鈴木は歩き出した。歩幅が広く、弾むような足取りで進んでいく。踏み出すごとに、リンリンと鈴の音が響いてきそうだ。

「ぼくとスズさんは、検査部品を担当してるんだ」

「検査部品？」

「品質検査が必要な部品のことだよ。それは全部、あそこへ納品される」

彼が指差した先には、第二倉庫があった。出入り口はすでに開いており、入ってすぐの所にダンボール箱やビニール袋をのせたパレットが五つ置かれていた。パレットの脇に、紫色のトレーナーを着た男性が立っている。背が高く、広い肩幅に長い足、短い髪、鋭い目をしていた。年齢は四十代くらいだろうか。

「おはよう」

鈴木に挨拶した彼は、数音に気づいて目を丸くした。

「あれ？　新入り？」

鈴木は首を横に振った。

「新入りだけど、ここの担当じゃないよ。スズさんが休みの間だけ、手伝ってもらうことになったんだ。カズだよ。――カズ、こちらはカザミ運送の藤《ふじ》さん」

部品は様々な方法で運ばれてくる。業者が自社のトラックを使ったり、宅配便を利用したり……。藤は工場が契約した運送会社のドライバーで、複数の業者と工場の間を一日に何往復もするのだという。

「よろしく。——さっそくだけど、部品チェック頼むわ」

彼が、手の平サイズの伝票を差し出してくる。

「チェックが終わらないと、出発できないからな。今日は物量が多くて、ちょっと急いでるんだよ」

鈴木は伝票を受け取り、数音に見せた。複写式で、一枚目が納品書、二枚目が受領書になっている。

「ここに部品名と部品番号、数量が書かれてる。これと実際に届いたモノが一致しているか、チェックするんだ」

「チェックって、まさか、全部開けて数えるんですか？」

青ざめる数音の隣で、藤が笑った。

「そんなことしてたら、めちゃくちゃ時間がかかっちゃうよ」

鈴木も笑顔でうなずく。

「部品に触ると汚れちゃうしね。見るのは、ビニール袋やダンボール箱にはられたシールだよ」

彼が指差したダンボール箱の側面に、縦横十五センチメートルほどの四角いシールがはられていた。そこに、部品名と部品番号、入数《いりすう》が書かれている。

「ここでは、ダンボール箱や木箱なんかをケースって呼んでる。入数は、一つのケースに入っている部品の数で、ピースって単位で数える。——まぁ、習うより慣れよ、かな。とりあえず、やってみようか」

　差し出された伝票を受け取り、数音は五つのパレットを眺めた。これだけでも、かなりの量がある。答えは予想できたけれど、念のため尋ねる。

「あの、バーコードリーダーとか、使わないんですか？」

「ないよ。目で数える。たとえばこれは、一つの段に六ケースあるよね。それが三段に積まれているから、全部で十八ケース。一ケースの入数は三十ピース」

　さらに鈴木は、一番上に一つだけ置かれているダンボール箱を指差した。他のシールは白色なのに、それだけ黄色だった。

「黄色は端数の印だから、気をつけて。こいつには二十四ピース入ってる。——さて、この部品の数量は何ピースでしょうか？」

　頭痛を覚え、数音は目を閉じた。

「——わかりません」

　数学は苦手だ。いや、体育以外の教科はほぼ苦手だった。

「あのさ」

黙って待っていた藤が、たまりかねたように口を開いた。

「新人教育はあとにしてくれるかな。さっきも言ったけど、急いでるんだ」

「あぁ、ごめん」

鈴木が頭をかく。

「正解は、十八ケース×入数三十ピース+端数の二十四ピースで、合計五百六十四ピース。どう？　伝票と一致している？」

数音はゴクリとツバをのみこんだ。

「あってます。……すごい」

暗算で正解を弾き出すとは。

彼は得意がる様子もなく、数音の手から伝票を取った。

「あとは、ぼくが見るね」

残りの四パレットをチェックするのに、三分もかからなかった。すべての部品番号と数量が一致していることを確認すると、鈴木は二枚の紙を切りはなし、受領書に自分の認印《みとめいん》を押して、藤に渡した。藤は礼を言い、小走りで去っていった。

鈴木が説明を再開する。

「こちらの控えである納品書にも、自分の印を押す。ミスがあった時、誰がチェックしたかわかるようにね。夕方、一日分の納品書をまとめて、畦倉さんに渡すんだ。畦倉さん、知ってる？」

「あ……、はい」

今朝、話したばかりだ。

「彼女は検査部品の担当で、この伝票を発行してるんだよ」

「へぇ」

「──さて、チェックが終わったら、次は」

「まだあるんですか？」

「うん。必要な数量を、検査課へ届ける」

部品によって、検査に必要な数量は異なるという。一覧表を手渡され、数音は種類の多さにめまいを覚えた。

（しまった〜！　コレ、私には不向きな仕事だった！）

数音の内心に気づいているのかいないのか、鈴木は朗《ほが》らかに続けた。

「検査課は、この倉庫の二階にある」

倉庫の出入り口から見て左側の壁に、階段があった。

「ただし、部品を担《かつ》いで階段をのぼるのは大変だから、貨物エレベーターを使う」

階段の近くにある壁を指差す。縦横二メートルほどの、四角い扉がついている。扉の脇には上昇と下降のスイッチ。さらに内線電話が取りつけられていた。

「あとは、上で検査課の人が勝手に回収してくれる」

検査に合格したら、同じエレベーターで部品が戻ってくるという。

「そしたら、ここに残していたモノとあわせて、全数を所定の場所へ運ぶ。そこまでが我々の仕事だ。同じことの繰り返しだから、すぐ慣れるよ」

（どうしよう。一ミリも慣れる気がしない）

動揺《どうよう》する数音に、鈴木が追い打ちをかけた。

「あ。作業はできるだけ急いでね」

検査に合格しなければ、部品をラインへ供給することができない。つまり。

「ここでモタついてると、最悪、ラインが止まるかもしれない」

（ひえ〜）

立ちつくす数音の背後に、一台のフォークリフトがとまった。べつの運送会社が新たに検査部品を運んできたのだ。

「部品チェックお願いしま〜す」

伝票を差し出してくる彼の後ろに、台車を押してきた男性が並んだ。

「こっちもよろしく」

そのあとに、ハンドリフトを引いた男性がやってくる。さらに新たなフォークリフトが一台……。

(どんどんくる!)

あせる数音に、鈴木がなにかを差し出してきた。

「使う?」

電卓だ。

数音は震える手で受け取った。

「……ありがとうございます」


「カズくん、顔色悪いよ。大丈夫?」

声をかけられて、数音は顔をあげた。六人がけのテーブルの向かい側に、小谷《こたに》が立っている。場所は第二棟の食堂だ。昼休みで、大勢の人が集まってきていた。

小谷はテーブルにご飯とみそ汁、煮魚をのせたトレイを置いた。イスに腰かけ、数音のトレイを見て顔をくもらせる。

「お腹でも痛いの？」

焼き肉定食が、ほぼ手つかずの状態で残っている。数音は文字通り頭を抱えた。

「もうダメかもしれない」

「えっ」

「人生最大のピンチ」

「どうしたの？　そんなに弱気なんて、珍しくない？」

「あ、寿さん」

小谷の後ろを通過しようとしていた人物が、数音に気づいて立ち止まった。

畦倉だ。手にお弁当袋をさげている。

「きいたよ〜。検査部品の手伝いに立候補したんだって？　すごいね。あれ、けっこう大変でしょ」

「はぁ……」

数音は頰《ほお》を引きつらせた。けっこうどころではない。部品は次々届くし、運んできた人は早く受領書がほしくてイライラしているし。気が急《せ》いて計算ミスばかりしてしまうし。

畦倉が、にっこり笑って首をかしげた。

「寿さんってさぁ、毎朝早いし、自分から大変な仕事引き受けるし、どうしてそんなに頑張るの?」

「え――」

突然の質問に戸惑う。

数音の返事を待たず、畦倉が笑顔のまま言った。

「あんまり頑張りすぎると、かえって迷惑になるかもよ?」

数音はキョトンとした。

(迷惑? なんで?)

混乱する数音に「じゃあね」と手を振り、彼女は軽やかな足取りで去っていった。

「――なに、今の」

小谷の顔から表情が消えていた。怒っている証拠だ。

「感じ悪くない? すごい笑顔だったけど、それが逆にイヤミっぽいっていうか……。あの人、部品課の事務員だよね。名前、畦倉さんだっけ?」

「ん」

数音は箸《はし》を取り、冷めた牛肉をつついた。ちょっと引っかかったけれど、畦倉の言葉を突き詰めて考える気分ではなかった。頭の中は、部品番号のアルファベットと数字でごちゃごちゃになっている。

小谷は気になるらしく、唇をとがらせた。

「どうして頑張るのって、そんなの個人の自由じゃん。わざわざきく？　頑張ったらダメなわけ？　仕事しない方が迷惑でしょ」

「んー」

「カズくん、大丈夫？　その……、人間関係とか」

「んんー」

「お〜い、カズく〜ん」

小谷が、数音の目の前でヒラヒラと手を振った。

「しっかり〜」

「……ごめん、余裕なくて」

数音は箸を置いた。

「今日の仕事、できる気がしない。どうしよう」

ことの深刻さに気づいたのか、小谷が表情を改めた。

「えっと、私、現場のことはよくわからないんだけど……。要するに、苦手分野を任されちゃったの？　――だったら、先輩からもらった魔法の言葉を教えてあげるよ」

「魔法？」

「うん。私、もうイヤだ～って投げ出したくなった時、いつも心の中で唱えるの」

小谷は胸を張り、人差し指を立てておごそかに言った。

「始めれば、終わる」

「へ？」

数音はポカンとした。

「早く始めれば早く終わるっていう英語の諺《ことわざ》がモトになってるんだって。――つまり、仕事っていうのは、始めなければいつまでも終わらないけど、始めればいずれ終わる……はず」

「はぁ」

反応が薄い数音にいらだったのか、小谷が拳《こぶし》を握った。

「とにかく、スタートすれば必ずゴールにたどり着けると信じるの！　ファイトだよ、カズくん！」

（始めれば終わる。始めれば終わる。始めれば終わる――気がしないよ、ちぃちゃん！）

午後になっても次々に届く部品を前に、数音は天井をあおいだ。

（これ以上アルファベットと数字は見たくない！　フォークリフトに乗って逃走したい！）

ビーッと音が響き、上から貨物エレベーターがおりてきた。検査に合格した部品が戻ってきたのだ。鈴木が扉を開き、ダンボール箱を取り出す。

「カズ。そっちはぼくがやるから。このコックB、ラインへ届けてきて」

「はい」

助かったとばかりに、数音は立ちあがった。

検査に出していた一ケースと、こちらに残していた三ケース、合計四ケースを台車にのせる。

「届ける先は、ここ」

鈴木が、壁にはられている工場の見取り図を指差した。ラインの中ほどだ。

「壁際に棚《たな》があって、部品名と部品番号が書かれた札がはられてる。その下へ置いてきて」

「わかりました」

とにかく、身体《からだ》を動かせることが嬉しい。数音は台車を押して外へ出た。駐車場を横切り、中央棟の東口から中へ入る。入ってすぐに、部品を仮置きする広い空間があり、その先に自動扉があった。

社員証を読み取り機にかざし、扉を開ける。騒々しい機械音が耳に飛びこんできた。ラインのスタート地点だ。

AラインとBラインの二本が、ほぼ平行して流れている。二つのラインの両脇には棚や台が設置され、すぐに使う部品が置かれていた。さすがにフォークリフトはここまで入ってこられない。部品を運んでいるのは、みずすましと呼ばれる部品供給係だ。忙しそうに行き来する彼らの横をすりぬけ、数音は見取り図で教えられた場所へたどりついた。

「ここ……？」

二段になっている棚は、空《から》っぽだった。鈴木が言った通りに札がはられ、部品名と部品番号が書かれている。

（コックの置き場で間違いないな）

ざっと部品番号を確認し、棚の上段に四ケース並べて、きた道を戻る。第二倉庫が見えると、ため息が出た。

（あぁ、また数字との戦いが始まる……）

しかし、予想は裏切られた。

「あ、ちょっと待って。今帰ってきたから。――カズ」

貨物エレベーターの脇にある内線電話で誰かと話していた鈴木が、数音を手招きした。

「畦倉さんからなんだけど」

数音は本能的に身構えた。

「なんですか？」

「プラグGを検査課へあげたでしょ」

納品書に数音のサインがあるという。今日は認印をもっていなかったため、手書きでサインしていた。

「百ピースほしいところが、五十ピースしか届いていないらしい。追加で五十ピースあげてくれって。どこに置いたか、覚えてる？　ちなみに部品番号はＴＴＢＡ２０１５Ｇ」

「えぇっと」

倉庫は広く、検査結果待ちの部品がたくさん置かれている。部品名や部品番号を言われてもピンとこない。

鈴木が両手を広げた。

「プラグGは、このくらいの、白くて細長いプラスチックケースに入ってる」

「あぁ、それなら、こっちに！」

数音は胸の高さまで積まれているダンボール箱の向こう側へまわりこんだ。そこに白いプラスチックケースが十ケースあった。入数は五十ピースだ。一ケースを貨物エレベーターにのせ、上昇ボタンを押した瞬間――。

プルルルルと、内線電話が鳴った。鈴木が受話器を取る。

「はい、第二倉庫。――うん」

話しながら、彼は納品書の束をめくった。

「あぁ、きてるね。すぐにやります」

受話器を置き、数音を見る。

「畦倉さんから。リード線Yを検査に出してないんじゃないかって。納品書があるから、モノはきてるはずなんだ」

納品書には、カズのサインがあった。チェックしたあと、検査に出すのを忘れたのだろう。

「午前中納品のはずなのに、まだ検査課にあがってこないって、問いあわせがあったらしい。ちなみに部品番号は――」

「う……」

　アルファベットと数字をきいても、やはりピンとこない。言葉に詰まるカズに、鈴木が言った。

「リード線Yは、フタのない青いボックスコンテナに入ってて……。数量は五千ピースだから、かなりの量――。あ、あった！」

　数音の後ろを指差す。同時に、また内線電話が鳴った。

　鈴木が受話器を取る。

「もしもし？　――はい」

　やがて受話器を置き、彼はかたまっている数音に言った。

「畦倉さんから。検査の必要がない部品を検査課へあげてしまったらしい。――これ」

　一枚の納品書を差し出してくる。そこにも数音のサインがあった。

「これは、東口の仮置き場へ運んでもらう部品だよ。配送業者が届け先を間違えたんだね」

　検査不要の部品は受け取らず、正しい置き場所を教えるのだという。

　数音は頭をさげた。

「すみません」

午前中のミスがボロボロ出てきているようだ。

鈴木は笑った。

「初めてだもん。仕方ないよ。今、検査課がおろしてくれるから、本来の置き場所へもっていってね」

「あの……」

数音はおずおずと尋ねた。

「どうして検査課からじゃなくて、畦倉さんから電話がくるんですか?」

間に人を入れず、直接こちらへかけた方が早いのではないか。同じ建物の上下にいるのだし。

「そりゃ……」

言いかけて、鈴木は指先で頰《ほお》をかいた。

「まぁ、妙な話かもしれないけど、ルールだからねぇ。検査部品の発注は、畦倉さんが担当してる。問いあわせは全部彼女へいくんだよ」

(イヤなルール……)

数音がため息をついた時、倉庫の出入り口から鋭い声が飛んできた。

「ちょっと、どうなってるの?」

畦倉が仁王立《におうだ》ちしている。走ってきたのか頬が赤く、長い髪が乱れていた。

「Bラインの主任からクレームがきたわよ。コックBが棚にないって。検査課にきいたら、少し前に検査が終わっておろしたっていうじゃない」

きき覚えのある部品名に、数音は手をあげた。

「それなら、私が運びました」

畦倉が数音をにらむ。

「どこへ?」

「どこへって……。教えてもらった通りに、ちゃんと……」

「ちゃんとできてたら、クレームはこないでしょ! このままじゃ、あと少しでラインが止まっちゃうのよ。あなたに責任がとれるの?」

詰め寄られ、数音は言葉を失う。鈴木が助け舟を出してくれた。

「とりあえず、確認しにいこうか」

数音は、先ほど部品を置いた棚の前へ二人を連れていった。

「ここです」

そこには、四つのダンボール箱が並んでいる。

「あぁ」

鈴木が手を打った。

「ここは確かにコックの置き場だけど、コックにはAとBがあってね。コックAのQRWT2008Aは上段、コックBのQRWT2008Bは下段なんだ」

数音が置いたのは上段だった。よく見ると、上下の札には、それぞれ違う部品番号が書かれている。さっきは、末尾まできちんと確認していなかった。

畦倉が鼻を鳴らした。

「やっぱり、ちゃんと運べてないじゃない」

「でも」

数音は思わず反論した。せずには、いられなかった。

「すぐ上にあるじゃないですか」

数音が置いた四ケース以外に、部品は置かれていない。少し視線をあげれば気づくはずだ。

「これくらいのことでいちいち連絡してこなくても、現場で対応してくれたら――」

畦倉の目がつりあがった。

「これくらい？　そうやって適当に仕事するから、間違えるんじゃないの？　謝るの私なのよ。明日使う部品の発注もしないといけないのに、ちっとも仕事ができないじゃない」

興奮してきたのか、声がどんどん大きくなる。行き交うみずすましの男性たちが、チラチラこちらを見ていた。

鈴木が、「まぁまぁ」となだめたが、彼女は止まらなかった。

「今日のミス、全部寿さんでしょ。できないくせに、どうして立候補したの。正直、あなたの頑張りますアピール、ウザいのよね！」

「――」

数音は立ち尽くした。食堂での、畦倉の言葉を思い出す。

『あんまり頑張りすぎると、かえって迷惑になるかもよ？』

（あれって、不慣れな私がミスして、畦倉さんに迷惑かけるって意味だったのか……）

悔《くや》しいけれど、彼女が言うことは間違っていない。数音は頭をさげた。

「すみませんでした」

怒りがおさまらないのか、畦倉がなおも口を開く。その時、三人の背後から声がした。

「どうしたの？」

十和田が立っている。畦倉が素早く口を閉じた。

「大丈夫？　第二倉庫に人がいないって、藤さんが困ってたよ」

「あぁ、ごめん」

鈴木が頭をかき、テキパキと指示を出した。

「カズ、部品を正しい位置へ移動させて。畦倉さんは、コックBありましたって報告してください。ぼくは倉庫へ戻るよ」

畦倉がポケットから携帯電話を取り出す。数音は急いでダンボール箱を下段に置き、鈴木を追いかけた。隣へ並び、再び頭をさげる。

「あの、すみませんでした」

よく考えたら、迷惑をかけているのは畦倉だけではない。数音のミスは全部鈴木にフォローしてもらっている。

(っていうか、この人、すごい)

部品名と部品番号をきいただけで、検査が必要か否《いな》かわかる。さらに部品が入っているケースの色まで把握《はあく》しており、置き場所も頭に入っている。

(リンさんがいなければ、もっと大騒ぎになってた)

数音はうなだれた。

「私、たくさん迷惑をかけてしまって——」

「気にしない、気にしない。こんなの、あるあるだよ〜」

彼は苦笑した。

「畦倉さん、ちょっと言いすぎだよね。カズがきたから、あせってるんじゃないかな」

「え？」

　わけがわからず、きき返す。鈴木は声をひそめた。

「気づいてない？　畦倉さん、シロちゃんのことが好きなんだよ」

「えぇっ！」

　驚く数音に、彼はどこか楽しそうに言った。

「だって、用もないのによくシロちゃんに話しかけてるし。彼の時だけ声のトーン高いし。やたらボディタッチしてるし。バレバレだよ。——肝心《かんじん》のシロちゃんは気づいてないみたいだけど」

（そうなんだ）

　数音は後ろを見た。離れてしまったので、あの場に残った畦倉と十和田の姿は見えなかった。

　鈴木が続ける。

「カズは頑張り屋で目立ってるし。異動して間もないから、シロちゃんがなにかと世話を焼くだろ。きっと、イライラしてたと思うんだ。そこへ問いあわせが殺到して、爆発しちゃったんだよ」

数音は、脳内で畦倉の言葉を再生した。

『あんまり頑張りすぎると、かえって迷惑になるかもよ?』

(あれって、ただの嫉妬《しっと》だったのか……)

東口から外へ出る。第二倉庫の前に藤が立っていた。鈴木と数音を見て右手をあげる。同じように手をあげて応え、鈴木が言った。

「カズ、変に引きずっちゃダメだよ。ラインが止まらなくてよかった、とだけ考えて。後半、集中しよう」

数音は前を向き、足を速めた。

「はい。頑張ります」


翌日も鈴木——スズさん——は休みで、数音は引き続き鈴木——リンさん——の仕事を手伝うことになった。

ミーティングの直後、数音は十和田に呼び止められた。

「カズ、やれそう?」

うなずこうとして、躊躇《ちゅうちょ》する。ちょうど十和田の背後に畦倉の姿があった。目があうと彼女はプイと横を向き、数音とは反対方向へ歩いていった。まだ怒っているようだ。

「大丈夫だよ」

数音の隣にいた鈴木が陽気に答えた。

「昨日の午後はノーミスだったし。自分からどんどん動いてくれるし、ぼくはメッチャ助かってる」

「そっか」

十和田は畦倉に気づかなかったようだ。やや垂れぎみの目を細めて笑った。

「じゃあカズ、頼むな。今日は金曜日だし、土日はさんで月曜日にはスズさんも復活できるだろ。来週はフォークリフトに乗れるから、頑張れよ」

手を振り、去っていく。

「ぼくたちもいこうか。藤さんが待ってる」

鈴木が弾むような足取りで歩き出した。数音はすぐ後ろを歩きながら、呼吸を整えた。

(始めれば終わる、始めれば終わる、始めれば終わる!)

心の中で魔法の言葉を繰り返し、覚悟を決める——が。

「はい、部品番号ＯＫです。数量は……、一段に八ケースあって、三段で二十四ケース×

入数が二十ピース。さらに端数が四ピースで、合計四百八十四ピースですね。——受領書をお渡しします」

ドライバーを見送り、数音は首をひねった。

（あれ？　覚悟してたほど辛《つら》くない……？）

「カズ、手際《てぎわ》がよくなったね」

鈴木にほめられ、嬉しくなる。

（よ〜し。一日ノーミスを目指すぞ！）

午前中が滞《とどこお》りなく終わり、午後に入っても内線電話が鳴ることはなかった。

（いけるかも）

そう思った、十四時ちょうど。倉庫に畦倉が駆けこんできた。

「リンさんは？」

昨日よりも息をきらしている。数音はイヤな予感を覚えつつ答えた。

「検査済みの部品を置きにいってます。もうすぐ戻ってくると思うんですけど」

待っている時間がないのか、畦倉が早口で言った。

「今日の納品書、全部出して」

数音はテーブルの上にまとめてある束を差し出した。畦倉が、ひったくるようにして受け取る。

「あの、なにがあったんですか？」

彼女は無言で納品書の束をめくり、あるところでピタリと動きをとめた。一枚抜き取り、数音に突きつけてくる。

「この特殊ボルトD、チェックしたの寿さんだよね」

「はい」

数音の印が押されている。サインするのが面倒だったため、今日は認印を持参していた。

「もう検査終わってる？」

「はい。午前中に、ラインへ運びました」

「全数運んだ？　ここにいくつか残ってたりしない？」

「……」

数音は倉庫を見回し、自分の記憶と照らしあわせた。特殊ボルトDは、灰色のプラスチックケースに入っていたはずだ。確か壁際へ置いて……今は、なくなっている。

「残っていません」

畦倉が顔をしかめる。

「四百ピース足りないって、Aラインの主任から連絡がきたの。このままじゃ、あと三十分くらいでラインが止まるって」

「え」

数音をにらみ、彼女は語気を強めた。

「納品書は九百五十ピースってなってるけど、モノも本当に九百五十ピースあった？　チェックした時に数え間違えて、数量があわないままOKを出したんじゃないの？」

「私、ちゃんと――」

畦倉が叫んだ。

「昨日もちゃんと運んだって言ってたけど、できてなかったでしょ！」

「あれは」

「今日は絶対に間違えてないって言える？」

絶対かと問われると――。

（自信……ない）

数音がうつむいた時だった。

「どうしたの？」

鈴木が帰ってきた。畦倉が険しい表情で訴える。

「特殊ボルトDの数が四百ピース足りないって、Aラインから連絡がきたんです」

納品書を受け取った鈴木は、書かれた数字を指先でなぞり、「ん？」とつぶやいた。

「畦倉さん。発注の数量、九百五十ピースって、どうやって計算したの？」

「え……。今日の生産予定が四百五十台で、一台につき二ピース必要だから四百五十台×二ピースで九百ピース。あとは、なにかあった時のためにプラス五十ピースで、合計九百五十ピース……」

鈴木は、ゆっくりと首を横にふった。

「今生産している機種の場合、特殊ボルトDは一台につき三ピース必要だよ。だから四百五十台×三ピースで、最低でも千三百五十ピースほしい」

「うそ」

畦倉が青ざめる。てっきり数音のせいだと思っていたのに、自分のミスだとわかって動揺したのだろう。

「どうしよう、私……。だって、昨日は寿さんのせいで何度も電話がきて、仕事に集中できなくて――」

数音はカッとした。

（私の時は言い訳なんか許さなかったくせに、自分は他人のせいにするの？）

なにか痛烈な一言を口にしようとした瞬間――。

「ちょっと、落ち着こうよ」

鈴木が両手をあげた。

「とりあえず、ラインを止めない方法を考えよう」

畦倉が唇を震わせた。

「そんなの無理——」

鈴木は彼女の言葉をさえぎった。

「まず、畦倉さんは追加発注かけてみて。業者っていうのは、急な注文に対応できるように、多少なりとも在庫をもっているはずだ」

「は、はい！」

畦倉が事務所へ向かって駆け出す。

「カズは台車押して、ぼくについてきて」

鈴木は中央棟の東口から中へ入った。数音は彼の後ろから尋ねた。

「あの、リンさんは、一台に必要な部品数まで把握《はあく》してるんですか？」

「まぁね。部品の数が極端に少なかったら、早めに気づいて対処できるでしょ？」

数音は、あんぐりと口を開けた。

（この人、本当にすごい人だ……）

さりげなく、色んなことに気を配っている。

鈴木はラインにそって奥へと進んでいった。

「お～い、キミちゃん」

大きな棚《たな》の前に立っていた女性が、こちらを向く。一つに束ねた髪。キリリとした眉《まゆ》。広い額。年齢は三十代くらいだろうか。右手にペン、左手に書類をもっている。

「リンさん、どうした？　あれ、弟子ができたのか？」

「急ぎだから、紹介はあとで」

「トラブル？」

「一昨日の生産で、特殊ボルトDを使ったでしょ？　余ってないかな？」

「どうだろう」

彼女は棚を指差した。

「探してみたら？　もしあれば、もっていっていいよ。もち出した部品番号と数量は、あとで連絡して」

「ありがとう」

鈴木が棚に近づき、数音に説明した。

「ここには生産後に余った部品が仮置きされているんだ。部品は、生産変更や不良が出ることを見越して多めに発注される。特殊ボルトDは共用部品といって、色んな機種に使われている。一昨日も使ったはずなんだよね。——あぁ、あった」

棚の奥から、灰色のプラスチックケースを引っ張り出す。フタを取って中を確認した。中には試験管立てに似た木枠《きわく》があり、太いボルトが一本ずつ立てて並べられていた。

「よし。五十ピースある。一昨日検査済みだから、すぐに使えるよ。これで十五分くらい稼《かせ》げるな」

数音が押してきた台車にケースをのせる。

「次だ」

今度は人間用のエレベーターに乗って、二階へ向かった。

(中央棟の二階って、初めてきた)

キョロキョロする数音を、鈴木が手招きした。

「カズ、こっち」

彼は廊下《ろうか》の突き当たりにある青い扉を開けた。

「こんにちは～」

入ってすぐにデスクがあり、初老の男性が座っていた。

「あれ、リンさん。どうしたの」

面長《おもなが》でメガネをかけた、優しそうな人だ。室内にいるのは彼だけで、デスク以外の場所はダンボール箱やプラスチックケースで占《し》められている。

鈴木は頭をかいた。

「突然、悪いね。特殊ボルトDを探してるんだ」

「緊急事態かな？　ちょっと待って」

男性がパソコンを操作する。その間に、鈴木が数音に教えてくれた。

「彼はタキさん。ここは、試作部品置き場なんだ。新製品をお試しでつくる時に使う部品を置いている。さっきも言ったけど、特殊ボルトDは共用部品だから――」

「あるよ」

パソコンのディスプレイを見ていた男性が、立ちあがった。ダンボール箱のかげに消え、やがて灰色のプラスチックケースを抱えて出てくる。

「ほら、五十ピース。試作で使うのはまだ先だ。もっていって構わないよ。出した分は、再度発注しておく」

「ありがとう。助かるよ」

ケースを台車にのせ、鈴木と数音は外へ出た。

「これで、百ピース。三十分稼げたな」

この試作部品も検査済みのため、すぐにラインへ供給できるという。

「一度、事務所へ戻ろう」

弾むような足取りで先をいく鈴木を、数音は尊敬の眼差《まなざ》しで眺めた。

「リンさんって、顔が広いんですね」

「勤続年数が長いだけだよ」

部品課の事務所へいくと、扉の前で畦倉が待っていた。顔色は悪いままだ。

「業者に追加発注をかけたら、在庫があるって言われたんですが、運んでくれる人がいないんです」

業者のトラックとドライバーは、別件で出はらっているという。

「こっちから取りにいけない？　この数量なら、会社の車にのせられるでしょ」

鈴木の提案に、畦倉が首を横に振る。

「社用車は全部使用中です。個人の車を出せればいいけど、私はバス通勤で……。課長と主任は出張。他の人は手が離せなくて……」

「残念ながら、ぼくはスクーター通勤」

鈴木が両手を広げ、数音に期待の眼差しを向ける。数音は肩を落とした。

「私は徒歩通勤です」

鈴木がうなる。

「手詰まりか……。あと一歩なのに」

重苦しい空気が漂った時、三人の横から声がした。

「あのさぁ、ちょっといいかな」

最高に不機嫌な顔で、藤が立っている。

「どうして第二倉庫に誰もいないの。困るんだよね。仕事しようよ」

パッと鈴木の顔が明るくなった。

「ナイスタイミング、藤さん！」

「はぁ？」

「急ぎの仕事、頼んでもいいかな」

「え？」

「大至急、特殊ボルトDを取りにいってほしいんだ。場所は――」

畦倉が慌てて事務所の中へ入り、地図を取ってくる。

「ちょっと待って。オレ、今日はいっぱいいっぱいで――」

藤は渋ったが、鈴木が「お願いします」と両手をあわせ、畦倉と数音が頭をさげると引き受けてくれた。

「仕方ないなぁ。そのかわり、今後は部品チェック、優先的にやってくれよ。倉庫を空《から》にするのもなし」

「ありがとうございます！」

三人でお礼を言う。そうと決まれば、藤の行動は素早かった。すぐさま駐車場へ戻り、トラックを発進させる。畦倉は業者に連絡をとり、着いたら即部品を渡してもらえるように手配した。

「それでも、往復でおよそ二十分。……微妙だな」

部品不足が発覚したのが十四時。その時点で、あと三十分ほどで——十四時三十分頃に——ラインが停止すると言っていた。その後、かき集めた部品で稼げた時間は約三十分。つまり、予想されるライン停止時刻は十五時。現在は十四時二十分で、藤が工場に到着するのは十四時四十分くらい。通常の部品ならセーフなのだが。

「今からもってきてもらう分については、検査が必要だからなぁ。ギリギリ間にあうかどうか……」

腕組みする鈴木に、畦倉が言った。

「届き次第検査してもらえるように、検査課にお願いしておきます」

「うん。カズは先に倉庫へ戻っていて。ぼくは、集めてきた部品をAラインの主任へ渡してくる」

鈴木に任せた方が、間違いがないだろう。数音は台車を彼に預け、三人はいったんわかれた。

十五分後。

「そろそろか」

鈴木の声に、部品チェックをしていた数音は手を止めた。

「カズ。また台車押して、ついてきて」

空の台車を押し、倉庫から外へ出ていく鈴木を追いかける。

「どこへいくんですか？」

「正門だよ。入ってくる藤さんを捕まえる」

トラックなどの車両は正門から入り、裏門から出る決まりだ。入ったら地面にかかれた矢印に従って、中央棟の周囲をぐるりと半周しなければならない。車両数が多いため、しばしば渋滞する。追い越しは禁止だ。

「今は一分一秒も惜しいからね。迎えにいって、ぼくたちで運ぶ。——あ、きた！」

門から真っ直ぐ伸びている道の向こうに、藤の青いトラックが見えた。ぐんぐん近づいてきて、正門の手前で停止する。

「おお～い！」

鈴木が手をふった。運転席の藤が、「わかってる」というように軽く手をあげる。彼は窓を開け、門の脇に立っている守衛に通行証を見せた。守衛がうなずくと、ゆっくりと中へ入り、左折して一時停車場所でとまった。

「間にあったかな?」

荷台を開ける彼に、鈴木が笑顔を向ける。

「ありがとう、藤さん。助かったよ」

部品を台車にのせて、大急ぎで第二倉庫へ向かう。そこには畦倉が待っていた。そろそろ時間だと思って、見にきたという。数音が検査に必要な数量――五十ピース入り一ケース――を貨物エレベーターにのせると、彼女は階段を駆けあがって二階へ消えた。すぐに検査にとりかかってもらえるよう、再度お願いしにいったのだろう。

時計の針が十四時五十六分を指した時、灰色のプラスチックケースを抱えた畦倉が階段を駆けおりてきた。よほどあせったのか、貨物エレベーターを使わず自分で部品を抱えている。

「OK出ました。ラインへ運びます！」

そのまま走り出す。「工場内で走ってはいけない」という規則は、完全に記憶から消し去っているようだ。数音も残りの部品をのせた台車を押し、追いかけた。後ろから鈴木が叫ぶ。

「気をつけて！　転んだら台無しだよ！」

畦倉は中央棟の東口から中へ入り、自動扉をくぐった。Aラインにそって奥へ進み、しばらくいって立ち止まる。

「主任！　部品、届きました！」

ラインの前で作業していた男性が、こちらを向いた。

「お。間にあったね。ここへ置いて」

指差した先には台があり、灰色のプラスチックケースが一つあった。中のボルトは十本くらいしか残っていなかった。その横に畦倉が抱えていたプラスチックケースを置く。数音も残りのケースを並べ、追いついてきた鈴木が手伝った。

すべてが終わると、三人はホッと息をついた。

（危なかった～）

一気に緊張がとけ、身体《からだ》から力が抜ける。

ラインは、なにごともなかったかのように動き続けている。それを眺めていたら、なんだか笑えてきた。

（こんな小さなボルトに翻弄《ほんろう》されるなんて……）

フッと数音の右隣で、空気が震えた。見ると、畦倉が小さく笑っていた。顔は汗まみれで、前髪が額にはりついている。ブラウスとベストにはシワが寄り、汚れていた。プラスチックケースを抱えた時についたのだろう。

「——」

畦倉が数音の視線に気づき、真顔になった。向き直り、深々と頭をさげる。

「鈴木さん、寿さん。今回はご迷惑をおかけして、申し訳ありませんでした。助けていただいて、ありがとうございました」

突然の謝罪と感謝の言葉に驚き、数音は返事ができなかった。鈴木が手を振る。

「気にしない、気にしない。あるあるだよ～」

彼の明るい声に、我に返る。正直、これまでの畦倉の態度には好感がもてなかった。けれど、心からの言葉は素直に受け止めることができた。

数音は笑った。

「ライン止まらなくて、よかったです」

鈴木と一緒に第二倉庫へ戻ると、十和田が待っていた。

「お疲れ〜。藤さんにきいたけど、なんか大変だったんだって?」

鈴木は苦笑した。

「詳しくは、カズにきいて。ぼくはちょっと休憩。タバコ吸ってくる」

数音は十和田と並んで空《から》パレットに腰かけ、ざっと事情を説明した。

「リンさんって、すごい人なんですね。電卓使わずに部品数えちゃうし、部品名と部品番号を聞いただけで、ケースの色や置き場所までわかっちゃうし。トラブルにも冷静に対応できるし。それなのに、全然威張ったり怒ったりしないし」

「だよな」

十和田は鈴木が去っていった方向を眺めた。

「リンさんはすごいよな。リンさんだけじゃない。ウチのメンバーはみんなすごいよ。それぞれいいところがある」

話しながら、近くに置いてあったプラスチックケースの中をのぞく。なにに使うのかわからない、細い鉄の棒がぎっしり入っていた。

「製品は、部品が一つ欠けても完成しないだろ。現場だって同じだ。誰が欠けても困る」

「そうですね」

彼は、しみじみうなずく数音を指差した。

「カズだってすごいぞ」

「え、私？」

数音はキョトンとし、慌てて手を横に振った。

「私は、まだまだで」

「いや。この二日間、助かったよ。フォークリフトに乗れないし、好きな作業じゃなかっただろ？　それなのに一生懸命やってくれてさ。カズって本当によく頑張るよな。びっくりだ」

少しだけ気になって、数音はきいてみた。

「私の頑張り、……その、ウザくないですか？」

「は？」

彼は驚いたように目を見開いた。

「オレは、カズのそういうところいいと思う。今のは、マジでほめたんだけど」

「……そうですか」

ホッとする数音の顔を、十和田がのぞきこんできた。

「カズは？」

「え？」

「頑張る人と、頑張らない人、どっちがいい？」

問われて最初に思い浮かんだのは、知恵をしぼり奔走《ほんそう》する鈴木の姿と、協力してくれた藤の顔だった。そして、部品を抱えて走る畦倉の背中――。

どうして頑張るのかなんて、わからないけれど。

「私も」

数音は深く息を吸った。

「頑張る人の方がいいです」

自分も、そういう人間でありたいと思う。

「だろ？　ウザいとか、余計な心配しなくていいよ。頑張りすぎの時はオレが声かけるから、それまでは安心して頑張れ」

「安心してって……」

つい笑ってしまう。胸にささっていた小さなものが、取り除かれた気がした。

十和田が伸びをして、立ちあがった。

「休憩終わり。オレも、もうひと頑張りしてくるか」

「シロ先輩」

歩き出す彼に、数音は言った。

「ありがとうございました」

第三話　デバンニング・パニック

「カズは、どうしてリフトマンになったの？」

「え」

　突然の質問に、数音《かずね》は瞬きをした。

　場所は部品チームの休憩室の前。朝の体操の音楽が流れている。この工場独自に考案された体操は複雑で、アナウンスだけではどう身体《からだ》を動かしてよいかわからない。だからみんな、いつも適当にストレッチをしている。その輪の中に、ギックリ腰で休んでいた鈴木《すずき》――スズさん――の姿があった。数音は先週彼の仕事を手伝ったのでそのお礼を告げたのち、尋ねてきたのだ。「どうしてリフトマンになったの？」と。

「オレも知りたいな」

　数音の隣で前屈していた十和田《とわだ》が、上半身を起こした。「オレも」「ぼくも」と、近くにいた安岡《やすおか》と鈴木――リンさん――が手をあげる。

「えぇっと」

数音は口ごもった。スズさんが手を振る。

「あ。イヤならべつに……」

彼は相棒のリンさんとは対照的に、ふっくらとした体形をしていた。丸い顔と大きなお腹、邪気のないニコニコ笑顔は、とあるクマのキャラクターを思わせる。

数音は笑った。

「イヤじゃないですけど、大した話じゃないし。ちゃんと説明すると長くなりそうで」

十和田が休憩室の外壁にある時計に目をやった。

「ミーティングまであと十分ある。途中まででいいからさ」

「ん～」

四人に注目され、数音は照れくさくなってうつむいた。

「どこから話せばいいのか……。まず、私の父は大学で数学を教えていて、母はピアニストなんです」

「ほぉ～」

安岡が、数音の頭のてっぺんから足のつま先まで一通り眺め、率直《そっちょく》な感想を述べた。

「意外だな」

「私もです」

運動が苦手なインドア派の両親に、じっとしていることが苦手なアウトドア派の娘。遺伝子はナゾだ。

「まぁ、でも、カズの名前は納得だね」

リンさん人差し指を立てる。

「カズネって、数学と音楽だったんだ」

「両方とも全然ダメですけど……。両親は、活発な私に相当戸惑ったみたいで……。特に母は、自分がお嬢さま育ちだったから、私にも同じようにさせたがって」

レースやリボンがついた服を着させて、長い髪を毎朝綺麗《きれい》に結ってくれていた。子ども部屋はピンク色で統一。そして当然ピアノを習わせた。

安岡が目を丸くし、リンさんが「うへぇ」とつぶやく。十和田がどこか感心したように言った。

「今のカズからは、想像もつかないな」

「ですよね」

幼い数音には、ヒラヒラしたスカートや長い髪、ピアノのレッスン、すべてが苦痛だった。

「そんな時、親戚《しんせき》の結婚式に連れていかれて……。式場の隣に、子ども用のゴーカートに乗れる広場があったんです」

退屈しのぎに連れ出された数音は、風を切って走る小さな車を目にした瞬間、「私もやる！」と叫んだ。

「みんなすごく楽しそうで、わくわくしました」

自分ならもっと速く走れる。一等になれる。根拠もなく、そう思った。

しかし、母は顔をしかめた。

「ダメよ。はしたない」

はしたないという言葉の意味はわからなかったけれど、彼女の表情と不機嫌な声に、どれだけねだっても無駄だと我慢した。

「そのことが、ずっと心に残っていて……」

ゴーカートがきっかけだったわけではないが、その後、数音は親に反抗するようになった。スカートをはかなくなり、髪を短く切り、ピアノのレッスンをサボった。親は最初こそ厳しく言いきかせていたが、次第に諦めていった。というより、その道のプロゆえに悟るのが早かった。「この子は、音楽はもちろん、数学の才能もないようだ」と。

「小学校三年生でサッカーを始めて、一昨年膝をケガしてやめて……。次にやりたいことはなんだろうって考えた時、ゴーカートのことを思い出したんです。――で、とりあえず乗れる所を探して、いってみたら」

改装工事中で、入れなかった。

「え～、ショック！」

リンさんが、女子高生のようなあいの手を入れる。

「でも」

数音は胸を張った。

「その工事現場でフォークリフトに乗っている人がいて、『カッコいい！　ゴーカートより、そっちがいい！』って、講習を受けにいったんです」

ブッと三人がふき出した。安岡が額に手をあてる。

「こりゃ、とんだオチだな」

「運命の出会いだね」

リンさんがクスクス笑い、十和田が肩を震わせる。

「なんか、カズっぽくていいな」

数音は口をへの字に曲げた。

「ほめてるんですか、けなしてるんですか」

「そりゃ、もちろん――」

「ハッ、下らねー」

低く鋭い声が、楽しい雰囲気《ふんいき》を切り裂いた。

数音の前に、三十代くらいのやせた男性が立っている。身長は数音と同じくらい。目が細く、スポーツ刈りで、前歯が少し出ている。彼は数音をにらんだ。

「なにがカッコいいだ。現実見ろよ。リフトマンなんて、低賃金の重労働だろ。このチームだって正社員はシロだけで、他はみんな時間給じゃねーか」

「――」

十和田、安岡、リンさんの顔から笑顔が消える。

それまで黙ってニコニコと数音の話をきいていたスズさんが、彼の方へ一歩踏み出した。

「どうしたの、モモちゃん」

男性が眉根《まゆね》を寄せた。

「その呼び方やめろ。オレは、こんな所に長居する気はねぇんだよ。オレにしかできないデカい仕事して、金稼《かせ》いで、見返してやるんだ」

くるりと背を向け、離れていく。リンさんが肩をすくめた。

「イラついてるなぁ。見返すって、誰を？　世の中とか？」

安岡が数音に目を向けた。

「気にするなよ、カズ。あいつ、この間自分が担当したコンテナで部品の落下事故があって、ちょっと荒れ気味なんだ」

「大丈夫です。えっと、あの人は――」

話したことがなくて、名前が思い出せない。リンさんが教えてくれた。

「森本泰正《もりもとたいせい》。通称モモちゃん」

森のモと本のモをくっつけたのだろう。数音は思わず笑ってしまった。

「モリさんとかモトさんじゃダメだったんですか?」

安岡がフフンと鼻を鳴らす。

「三十二の若造なんて、モモちゃんでじゅうぶんだろ」

(それを言ったら、二十代のシロ先輩と私はどうなるんだろう)

首をかしげる数音の頭に、軽い重みが加わった。十和田が手を置いたのだ。

「オレは、カッコいいっていうカズの単純な気持ち、大事だと思う」

「単純って……」

またしても、ほめているのかけなしているのか、よくわからない発言だ。問い質《ただ》そうとした時、視界のすみに女性の姿を認めた。

（ヤバ）

畦倉《あぜくら》だ。とっさに後ろへさがり、十和田から離れる。

「？」

彼は少し驚いたように、数音の頭から外れてしまった自分の手を眺めた。しかしそれは数秒で、なにごともなかったかのようにみんなに呼びかけた。

「お～い。ミーティング始めるよ～」

青い十トントラックが、駐車場に入ってくる。運転席にいるのはカザミ運送の藤《ふじ》だ。彼が乗っているのは、ウィングボディと呼ばれる、荷台が箱型になっているトラックだ。空いているスペースにトラックをとめ、外へ出てすぐ後輪に車輪止めをかける。数音は彼に近づいていった。

「おはようございます、藤さん」

「よぉ。またリンさんの手伝いか？」

「いえ。スズさんが出勤されたので、手伝いはおしまいです。私は、今日から藤さんの担当になりました」

ようやく正式に担当が決まったのだ。任された仕事は、藤が運んでくる部品をトラックからおろし、所定の場所へ移動させること。藤は一日に何度も業者と工場の間を往復し、扱う部品の種類も多い。置き場所を覚えるのが大変そうだったが、検査部品を体験したカズは、なんとかなりそうな気がしていた。

「へ～。専属のリフトマンをつけてくれたんだ。ありがたいな」

藤は荷台に数カ所ついている留め金を外し、ボタンを押した。箱型の車体は天井と側板がつながっており、鳥が翼を広げるような姿で荷台が開く。けっこう迫力があり、初めて見た時には感動した。

「今までは、自分でおろしたり、近くにいるリフトマンに頼んだりしてたんだよ」

だが、業者の使えるフォークリフトは少なく、いつも順番待ちをしている。顔見知りのリフトマンも自分の仕事があり、なかなか手伝ってもらえない。

「待ち時間がもったいないからなんとかしてって、シロちゃんに頼んでたんだよね。よろしく」

「よろしくお願いします」

頭をさげ、数音は荷台を眺めた。部品が積まれたパレットが二列に並んでいる。少し離れた場所にとめていたフォークリフトに乗り、一番端のパレットの差込口にフォークを入れた。差込口がほぼ目の高さにあり、地面に置かれている時よりも差しこみやすい。

リフトレバーを操作し、ゆっくりと持ちあげる。トラックが揺れ、かなり重い部品だとわかった。隣の荷に引っかからないように、真っ直ぐ後ろへさがる。後ろにはべつのトラックがとまっているから、接触しないように注意しなければならない。次に、荷を地面から十五センチメートルほどの高さまでおろした。高い位置のまま運ぶとバランスがとりにくく、危険だ。フォークリフトを旋回させ、トラック後方にある仮置き場へ移動させようとした時、遠くでドーンと大きな音がした。

「?」

第三倉庫の方角だ。

「なにかあったかな」

藤が歩き出した。

「ちょっと見てくるわ。あと、よろしく」

気になったけれど、数音は自分の仕事に集中することにした。すべてのパレットをいったん仮置き場に並べ、業者に返却する空箱《からばこ》をのせる。

藤が戻ってきた。

「部品の落下事故だったよ。ケガ人なし」

最後の一言に、数音はホッと息をついた。

「リフトマンがフォークリフトを急旋回させて、荷崩れを起こしたらしい。部品が破損してた。——あれは、シロちゃん、始末書ものだな」

数音は吐き出していた息を止めた。製品チームにいる時も、落下事故はゼロではなかった。事故が起きると、製品課の課長や工場管理課の偉い人たちが何度も現場検証を行い、徹底的に原因を究明する。赤石《あかいし》リーダーは関係部署に頭をさげてまわり、始末書と対策案を作成していた。もちろん、事故を起こした本人も反省文を提出する。

幸い数音はまだ事故を起こしていないが、他人事《ひとごと》とは思えなかった。

（迷惑かけないようにしなきゃ）

藤がトラックを発進させる。彼が戻ってくるまでに、仮置き場に並べた部品を決められた所へ運ばなければならない。数音は注意深くかつ速やかに、フォークリフトを走らせた。

「昨日、部品の落下事故起こしたの、モモちゃんだって?」

翌朝、休憩室の前に集まっていた部品チームのメンバーが、ヒソヒソと話をしていた。森本はまだきていない。

安岡が腕組みする。

「先週も一件あったよな。ちょうどカズが異動してきた日か」

「そうなんですか？」

数音は自分のことに必死で、気づかなかった。

「あぁ、手元作業員がダンボール箱を乱暴に引っ張り出そうとして、落としちゃったんだよ」

手元作業員とは本来、職人などの仕事を補助する、いわゆる手伝いの人のことだ。この工場では、海外から届いた大きなコンテナから手作業で荷をおろす人たちのことを指す。

「その作業員、モモの下で働いてたんだ。で、今回はモモ自身がやっちまった」

リンさんが会話に加わった。

「ここんとこ、荒れてたからね～」

「こういうのは不思議と続くからな。注意しないと」

安岡は気合を入れるように、軽く自分の頬《ほお》をたたいた。

その時、周囲が静かになり、森本が現れた。彼は鋭い目で一同をにらみ、「なに見てんだよ」と口をとがらせた。乱暴に休憩室の扉を開け、中へ入る。

「あいつ、思春期《ししゅんき》かよ」

安岡が失笑した直後、休憩室の開いた窓からブーッときき慣れない音が響いてきた。

みんな顔を見あわせ、次の瞬間、誰かが言った。

「アルコール感知器？」

リフトマンは、朝一番に必ずアルコールチェックを行う。休憩室に置かれている小さな装置に、市販のストローを使って息をふきこむのだ。アルコールが検出されなければ、ピンポーンと合格の音が鳴る。その後、結果がプリントアウトされ、事務所に提出するのだが……。

今のは、不合格の音だろうか。

（初めてきいた……！）

ちょっと感動してしまった数音の前を、十和田が険しい顔で横切る。休憩室へ入り、なにごとか話していたと思ったら、森本が飛び出してきた。あとから十和田も出てくる。

「ちょっと待て。話を――」

「うるせぇな！　オレに触るな！」

十和田に腕をとられそうになり、森本が振りはらう。そのままズンズン歩き出した。

「どこいくんだ」

「帰る！　どうせフォークリフトには乗れねぇんだろ！」

追いかけるべきか、十和田は悩んだようだった。結局立ち止まり、遠ざかる背中に叫ぶ。

「車の運転はするなよ！」

自動車もフォークリフトも、飲酒運転は厳禁だ。

十和田は安岡を見た。

「悪い、やっさん。ミーティング頼む。オレ、課長に報告してくる」

「わかった」

事務所へ入っていく十和田の背中を眺め、安岡が肩をすくめた。

「また課長にイヤミ言われるぞ。リーダーなんて、なるもんじゃねぇな」

十和田はミーティングが終わる頃に、事務所から出てきた。

「カズ、ちょっといいかな？」

持ち場へ向かおうとしていた数音は足を止めた。

「なんですか？」

「あ～……、担当が決まったばかりで、申し訳ないんだけどさ……」

珍しく歯切れが悪い。

「今日は、デバンニング作業を手伝ってもらえないかな?」

部品は海外でもつくられており、それをコンテナに詰めて運んでくる。

コンテナは、一般的には箱状の容器のことを指す。人が持ち運べる小型のものから、貨物輸送で使う大型のものまであり、この工場に運ばれてくるコンテナは大半が四十フィート——長さ十二・一九二メートル、幅二・四三八メートル、高さ二・五九一メートル——のサイズだ。

デバンニングとは、その大きなコンテナから荷を取り出す作業のことをいう。ちなみに、積みこむ作業はバンニングだ。

工場内には、デバンニングできる場所が二カ所あり、十和田と森本が担当していた。

数音は目を丸くした。

「森本さんの代わりってことですか?　私が?」

できるだろうか?

十和田が両手をあわせた。

「今日は六本もコンテナが入ってくるんだ。手元作業員はベテランぞろいだし、オレもできるだけフォローするからさ。頼む」

やはり、部品チームの中で一番自由に動けるのは数音なのだろう。

（シロ先輩の役に立てるなら……）

数音は小さく息を吸った。

「わかりました」

デバンニングを行う場所は、第一倉庫と第三倉庫のすぐ横だ。おろした部品は、それぞれの倉庫へ格納される。第一倉庫が十和田の担当で、数音は第三倉庫で作業することになった。

すでに牽引《けんいん》自動車がコンテナを運んできて、バンステージと呼ばれる作業台の前で待機していた。バンステージは、フォークリフトでコンテナの積みおろしをするための移動式の台だ。高さはコンテナの床面にあわせて、地面から約一メートル。パレットより二回りほど広く、落下防止の柵《さく》とフォークリフトが行き来するためのスロープがついている。

十和田は牽引自動車のドライバーからコンテナの納品書と受領書を受け取り、受領書に会社の印を押して返した。納品書はこちらの控えとして保管しておく。二枚の書類の他に、注意書が一枚ついていた。

「ヒアリ?」

真ん中に大きく印刷された写真を見て、数音はつぶやいた。ニュースで見たことがあるし、ミーティングでも話題にのぼっていた。

ヒアリはアリ科の昆虫で、南米原産。体長二〜六ミリメートル。色は赤茶色。毒をもっていて、腹部にある針でさされると、火傷《やけど》したような痛みが走るという。

十和田がうなずいた。

「そう。この間、県内の港で発見されたんだ」

コンテナの中にいたらしい。

「もし見つけても、触るなよ。殺虫剤があるから、それを使って。すぐに報告すること」

「はい」

「じゃ、始めようか」

十和田は作業日報を数音に渡し、コンテナの後方へ移動した。コンテナの後部には両開きの扉がついており、そこから荷を出し入れする。数音は彼に教えられ、向かって右上に書かれているコンテナ番号と、扉につけられたボルトシールのナンバーを作業日報に記入した。

ボルトシールは、荷の紛失を防ぐためにつけられている鉄製の封印道具だ。一度装着すると専用の工具がなければ外せず、扉が開けられない。

「閉じている状態の扉とボルトシールを、写真に撮る」

十和田が会社支給のスマートフォンを差し出してきた。受け取って、数音はシャッターボタンをタップした。

「そしたら専用のカッターでボルトシールを切って、扉を開ける。開けた直後にもう一枚、内部の様子を撮る」

専用のカッターはペンチに似た形で、成人男性の腕くらい大きく、重い。数音がボルトシールを切った時、コンテナの向こうから三人の男女が歩いてきた。手元作業員だ。

「あぁ、きたね」

手元作業員は、外部の業者に頼んで、必要な時間に必要な人数を派遣してもらっている。たいてい同じメンバーがくるらしい。十和田が数音に三人を紹介してくれた。

長髪を首の後ろでしばった中年の男性が木戸《きど》。筋肉質の若い男性が、日系ブラジル人のミゲル。そしてショートヘアの小柄な女性が宮川《みやかわ》だという。

(女の子がいる)

現場では珍しい。黄色い半袖《はんそで》のTシャツにジャージ姿。外で働いているはずなのに肌が白く、ぱっちりした目と長いまつ毛が可愛《かわい》らしい。背が低いせいか、数音よりずっと歳下《としした》に見えた。彼女と目があったので、数音は笑いかけてみた。すると相手は、あからさまに顔をそむけた。

（あれ？）

もしかしたら、男性と間違われたかもしれない。小谷《こたに》も出会った当初は数音を男性と勘違いしており、更衣室で挨拶《あいさつ》した途端悲鳴をあげられた過去がある。

十和田が三人に言った。

「今日は、寿《ことぶき》が森本の代わりを務めます」

「よろしくお願いします」

頭をさげ、数音は再び「あれ？」と首をかしげた。

（返事が……ない）

顔をあげると、三人とも下を向いていた。

「シール切ったから、扉を開けてくれる？」

十和田の声に、彼らがのそのそと動き出す。

木戸と宮川が、向かって右の扉を開ける。右を開かなければ左の扉は開けられない仕組みになっている。

（うわぁ）

半分開いたコンテナの中を見て、数音は口を開けた。天井近くまでぎっしりとダンボール箱が詰めこまれている。ダンボール箱の側面には部品番号が記入されていた。部品番号が違うダンボール箱が積まれているから、おろす際に混じらないよう注意しなければならない。

続いてミゲルが左の扉を開ける。すると、一番上の段からなにかがずり落ちてきた。太陽の光がまぶしくてよく見えないが、ダンボール箱のようだ。

（落下事故！）

数音の背筋が冷たくなる。

（阻止《そし》しなきゃ！）

とっさに前へ出て、受け止めようとした――直後にぐいっと腕をつかまれ、後ろへ引っ張られる。足元に、茶色の物体が落ちてきた。

（あ、部品……じゃない）

たたんだダンボール箱を何枚も重ねてつくられた、緩衝材《かんしょうざい》だ。地面にぶつかった時の音で、かなりの重量だとわかる。

「なにやってんだ！　危ないだろ！」

耳元で十和田に怒鳴られ、数音は身をすくませた。

手元作業員の三人も、あきれ顔だ。

「すみません」

謝《わ》ると、十和田は慌てたように手を離した。

「悪ぃ、大きな声出して。落下事故を防ごうとしたんだよな？　――けど、一人じゃ支えられないくらい重い部品もあるんだから、落下したら手を出しちゃダメだ。むしろ逃げろ」

「はい」

気を取り直し、数音はスマートフォンでコンテナの内部を撮った。

写真撮影が終わると扉を開けたままの状態でゆっくりバックして、コンテナの後部をバンステージにつけた。誘導は、十和田がやってくれた。

数音は第三倉庫の外壁にある時計を確認し、日報に作業開始時刻を記入した。作業は二時間以内に終わらせることになっている。

「始めるか」

木戸がつぶやき、待機していた三人がスロープをのぼった。ミゲルが踏み台に乗り、上から順にダンボール箱をおろしていく。下で木戸と宮川が交互に受け取り、すぐそばに置いてあるパレットに積んでいく。パレットは、カズがあらかじめフォークリフトで運び、五段に重ねて置いていた。

　ダンボール箱の積み方にも決まりがあり、今回はピンホイール積みだ。中央に空間を設け、それを取り囲んで風車形に積みつける。一段ごとに箱の向きを変え、計四段にする。

　ひとパレット積み終えると、宮川がダンボール箱の周囲をぐるぐる回り、ストレッチフィルムを巻きつけた。ストレッチフィルムは、幅五十センチメートルくらいの、大きなサランラップのようなものだ。荷を風雨から保護し、荷崩れを防ぐために使われる。

　その後、ようやく数音の出番がくる。部品が積みつけられたパレットを、フォークリフトで倉庫へ運ぶのだ。スロープの傾斜角度は九度。フォークを高めにあげ、前進でステージへあがり、五段の内、一番上のパレットだけをすくって後進でおりる。

　その間に三人は、次のパレットにダンボール箱を積みつけていく。それを繰り返し、パレットがなくなれば、数音が新たに空パレットを運ぶ。

　三人は荷をおろすごとに前進し、コンテナの奥へと入っていく。パレットとフォークリフトも、彼らについて中へ入る。人が重たいダンボール箱を抱えて出入り口まで運ぶのは手間だ。

　コンテナ内は風が通らず、熱気がこもっている。少しでも気温をさげるため、大型の扇風機をかけ、倉庫の軒《のき》に取りつけられたシャワーからコンテナの上に水をかけながら作業する。

「中は暗いからライトをつけて。木戸さんたちの動きには、じゅうぶん注意すること」

　十和田が注意した。

「扇風機とシャワーの音で、声がきこえにくい。コンテナ内にフォークリフトを乗り入れる時は、軽くクラクションを鳴らして合図するんだ」

「はい」

　数音は最初こそスロープの傾斜角度にドキドキしたが、何度か繰り返す内に慣れてきた。

「いけそうだな」

　一通り全員の動きを確認し、十和田は去っていった。彼が担当する第一倉庫でも、コンテナが待機している。ちなみに、安定性の低いリーチフォークリフトはスロープののぼりおりに適しておらず、デバンニング作業中は十和田も数音と同じカウンターバランスフォークリフトを使うという。彼はベールクランプつきフォークリフトも運転できるらしい。

（色んなフォークリフトを使いこなせるって、いいなぁ。私もいつか、リーチフォークリフトに乗ってみたい）

　その後、数音は何度かコンテナと第三倉庫を往復した。

（思ったより順調……だけど）

フォークリフトから三人を眺める。普段の様子は知らないが、動きが鈍いような気がする。待ち時間が長い。

（このペースで間に合うのかな……）

ぐずぐずしていたら、次のコンテナが到着してしまう。

（それに、なんか雰囲気《ふんいき》変じゃない？）

三人は、数音がそばにいる間は黙って作業している。しかし、数音が倉庫へいくためにバンステージを離れると、楽しそうにおしゃべりしているようなのだ。会話の内容はわからないが、声がきこえる。そして数音の姿を見ると、ピタリと口を閉じてしまう。

（ちょっと疎外《そがい》感……）

私語が禁じられているわけではないし、たとえ一日でも一緒に仕事をするのだから、仲間に入れてほしい。

「あ……」

宮川が小さく声をもらし、動きを止めた。数音を手招きする。

「え？　私？」

数音はフォークリフトのエンジンを切り、歩いてスロープをのぼった。宮川はコンテナの奥を指差した。

「なに？」

尋ねると、右隅のダンボール箱をポンポンとたたく。角の部分が破れ、中の部品が見えていた。

「あぁ、ケースダメージ」

海外で部品を積みこむ際に乱暴に扱ったり、運搬途中にコンテナが揺れたりして、ダンボール箱に傷がついていることがある。コンテナ自体に小さな穴が開いていて、ダンボール箱が雨水にぬれていることもある。そういう場合は、外へ運び出す前に写真を撮り、工場管理課の海外部品担当者——奥松《おくまつ》課長——に見てもらうことになっていた。

もしダンボール箱だけではなく中の部品にまで傷がついていたら、工場の損失になる。工場は当然、なにが原因で傷がついたか調査する。写真は、デバンニング中に誤って傷をつけたのではなく、最初からついていたという証明になる。ダメージの発見と写真撮影は、おろそかにはできない。

数音は、会社支給のスマートフォンで写真を撮り、メールに添付して奥松に送った。さらに彼に電話をかけ、事情を説明する。

奥松は、男性にしては高い声で言った。

『とりあえず、よけておくように。あとで確認にいきます』

数音は三人に彼の言葉を伝えた。

「それはよけて、作業を続けてください」

全員、黙って動き出す。

(返事くらいしてくれたっていいのに)

ダメージを見つけた時も、手振りだけで言葉はなかった。数音はハッとした。

(もしかして私、嫌われてる？　――や、今朝会ったばかりで、それはないよね)

まさか三人とも畦倉と同じく十和田が好きで、数音を牽制《けんせい》している……なんてことはないだろう。

「う～ん」

首をひねっていたら、十和田がやってきた。

「調子、どう？」

「大丈夫です……けど」

「けど？」

「みんなの動きが……、その、ゆっくりで。時間内に終わらないかも……」

そろそろ一時間が経過するが、まだ三分の一しかおろしていない。

「そっか」

十和田はバンステージを見あげた。動きは遅いが、サボっているわけではない。

「あんまり急《せ》かさない方がいいかもな。急がば回れだ」

十和田が去っていくと、数音は少し考え、おもむろにフォークリフトのエンジンを切った。そして、できるだけ明るい声を張りあげた。

「ちょっと休憩しましょう！」

三人が驚いたようにこちらを見た。いつもは作業が一通り終わってから、次のコンテナがくるまでの間に休憩をとるときいていた。

「今日だけ特別。十分間だけ」

三人はバンステージをおりてきて、木戸、ミゲル、宮川の順に、第三倉庫の壁にもたれて座った。ちょうど日陰になっている。それぞれ水筒やペットボトルの飲み物を口にする。

（えぇっと。なにか会話……。コミュニケーションを……）

数音は宮川の右隣へ座った。彼女が顔をしかめる。

（ま、負けるな、私……）

数音はなんとか笑顔を浮かべた。

「今日、暑いね。コンテナの中、サウナみたい」

「……」

返事はない。こちらを見ようともしない。完全無視だ。

「あ、あのね。私、間違われやすいんだけど、実は女で……」

「……」

「現場で女の子に会うの珍しいなって、ちょっと嬉しくて」

「……」

「えっと。宮川さん、どうしてこの仕事始めたの？　私はね——」

ザッと音を立てて、宮川が立ちあがった。

ジロリと上から数音をにらむ。

「中卒だから、他にできる仕事なかった」

「——」

今度は数音が沈黙した。宮川はフンと顔をそむけ、ズンズン歩き出した。

（なんか、地雷踏んじゃったみたい）

少しでも打ち解けられたらと思ったのだけれど……。

（私、無神経だったかな）

今朝、森本も数音の話をきいて怒っていた。

（働く理由は人それぞれで、みんなが今の仕事に満足してるわけじゃない……）

「気にすることないよ」

　横から声をかけられ、数音は驚いて顔をあげた。ミゲルが白い歯を見せて笑っていた。

「宮川は、ああ見えて、身体《からだ》を動かすのが好きなんだ。だからこの仕事をしてる。お金を貯めたら、フォークリフトの資格取るって言ってたよ」

「ミゲル！」

　その向こう側にいた木戸が、とがめるように名前を呼んだ。ミゲルは首をひねって彼の方を向いた。

「だってさ〜。このおねーさんは関係ないじゃん」

「工場の人間だろ。あいつの仲間だ」

「でも、悪い人じゃなさそうだよ」

　二人がなにを言っているのかわからず、数音は首をかしげた。そこへ、鋭い声が割りこんできた。

「なにやってんの」

　宮川が戻ってきたのだ。スポーツドリンクのペットボトルをもっている。

「戻ってきてくれたんだ」

　安堵《あんど》する数音に、彼女は両目を細めた。

「休憩、十分間でしょ。残り五分」

意外に律義《りちぎ》だ。

宮川は数音とミゲルの間に腰をおろし、ペットボトルのキャップを開けた。数音は思い切ってもう一度話しかけた。

「あの……、さっき、ごめんね」

「……」

横目で数音をにらみつけた宮川が、なにかに気づいて目を見開いた。手からペットボトルが落ち、地面にスポーツドリンクがこぼれる。

「ヤダ。なにこれ！」

彼女の視線の先――Tシャツの右袖《みぎそで》――に、黒っぽいモノがついていた。数音は宮川の右側に座っていたから、よく見えた。モゾモゾと動いている。一見したところアリのようだが――。

（大きい！）

数音は息をのんだ。注意書の写真を思い出す。先日、港で発見されたという狂暴な――。

「ヒアリ？」

宮川と数音の声に、ミゲルと木戸が腰を浮かせる。

「え、マジで?」

「どこ?」

「イヤッ!」

彼らのあせりが伝染したのか、宮川が闇雲《やみくも》に立ちあがろうとする。数音はとっさに両手を伸ばした。彼女がさされないように左手でTシャツの袖を引っ張り、右手でヒアリらしき昆虫をつかみ取る。

「あ」

心底驚いたように、宮川が動きを止めた。ポカンと口を開け、次の瞬間、数音に飛びついてくる。

「なにやってんの!」

彼女に続いて、ミゲル、木戸も叫ぶ。

「さされるよ」

「早く捨てろ!」

「――」

数音は自分の拳《こぶし》を見おろした。痛みは……ない。

「……なんか、大丈夫みたい」

そっと手を広げてみる。そこには、ただの大きなアリがつぶれていた。

「なんだよ〜」

木戸がため息をつき、ミゲルが両手で胸をなでる。

「びっくりした〜」

数音はアリを地面に捨て、宮川に笑いかけた。

「ケガがなくて、よかったね」

「なに言ってんの、あんた！　バカじゃないの！」

いきなり怒鳴りつけられ、ビクリとする。宮川は顔を真っ赤にさせて続けた。

「素手で触るなんて、信じられない！　自分がさされたらどうする気なのよ！」

「あ」

十和田に触るなと注意されていたのに、動揺《どうよう》して忘れていた。もしヒアリだったら、大変なことになっていたかもしれない。

宮川は数音に指を突きつけた。

「あんた、さっきも緩衝材《かんしょうざい》受け止めようとしたでしょ！　危険な時ほど冷静に対応しなきゃダメじゃない！　一応、この現場を仕切ってるのはあんたなんだから！　しっかりして！」

ごもっともすぎて、反論できない。数音は小さくなって頭をさげた。

「ごめんなさい」

ミゲルが「まぁまぁ」と両手をあげる。

「誰もケガしなかったし、助けてもらったんだからさ。いいじゃん」

宮川が、我に返ったように口を閉じた。ゴクリとツバをのみ、斜め下を見て、一言。

「あ……りがと」


「先週、デバンニング中に部品の落下事故があっただろ？　あれ、宮川が無理にダンボール箱を引っ張ったせいだっていうことになってるけど、本当は違う……、いや、違わないけど、事情があるんだ」

木戸が踏み台に乗って、一番上のダンボール箱をおろす。下にいたミゲルが受け取って、ついでに話も引き継いだ。

「森本が、奥に入ってる部品を先に出せって言ってきたんだ。すぐラインに供給しなきゃいけないからって」

彼は、ダンボール箱をパレットにのせた。

「オレたち、順番にやった方がいいって反対したんだけど。お前らは言われた通りにやればいいんだって怒鳴られちゃってさぁ。強引に引っ張り出したら、ガシャーン」

ミゲルが両手を広げる。木戸は次のダンボール箱をもちあげ、鼻を鳴らした。

「森本は責任を全部宮川に押しつけて、知らん顔」

「なにそれ、ひどい」

木戸の隣でべつの踏み台に乗り、ダンボール箱をおろしていた数音は顔をしかめた。休憩した分の遅れを取り戻すため、三人を手伝うことにしたのだ。

数音がおろしたダンボール箱を宮川が受け取り、パレットに積む。数音は彼女に尋ねた。

「シロ先輩……、十和田リーダーには報告しなかったの？」

宮川が唇をとがらせた。

「だって、私が崩したのは事実だもん。言い訳してるとしか思われないよ」

「オレら、外部の人間だろ。信用されるのは森本の方じゃん」

ミゲルの言葉に、数音は手を止めた。

「そんなことない！　シロ先輩は、ちゃんと話をきいてくれるよ！」

つい大きな声になり、三人が驚いたように動きを止める。数音は拳を握った。

「私から説明しておくから！」

木戸が笑った。

「そっか。じゃあ、任せるわ」

「森本もなぁ……、以前はあそこまでひどくなかったよねぇ？」

ミゲルが汗をぬぐいながらぼやき、木戸が同意した。

「あぁ。半月くらい前からかなぁ。やたら大声で作業を急かしたり、積み方が雑だって説教したり、とにかく偉そうでさ。オレたち、すっかりやる気なくしちゃってたんだ。悪かったな」

最後の一言は、数音に向けられていた。

「ううん。事情がわかってよかった」

「ねえ、ちょっと、ヤバいよ！」

ストレッチフィルムを巻いていた宮川が、第三倉庫の外壁についている時計を見あげた。

「残り時間、三十分切ってる！」

「おしゃべりは終わりだ！」

木戸がまた一つ、ダンボール箱をミゲルに渡した。受け取って、ミゲルがほえた。

「本気出すぞ！」

宮川が数音の腕を引いた。

「カズくん。こっちはもういいから、フォークリフトに専念して」

「了解！」

本気を出した三人の動きは、先ほどの二倍……いや、三倍速だった。


「お疲れさま」

無事に三本のコンテナのデバンニングを終えると、十和田がやってきた。彼のすぐ後ろに、見知らぬ男性がいる。黒縁《くろぶち》のメガネをかけ、髪をきっちりとなでつけた細身の男性だ。年齢は四十代後半だろうか。神経質そうな目と青白い肌をしている。十和田が彼を手で示した。

「こちらは、工場管理課の奥松課長」

「どうも。ケースダメージを確認しにきました。どこに置いてありますか」

「あ……、倉庫の、入ってすぐ右側のパレットに……」

倉庫へ入っていく彼を見送り、十和田が言った。

「時間内に終わったみたいだな」

「はい。みんな頑張ってくれて……」

すでにあの三人の姿はない。作業が終了するとすぐ、次の現場へいかなければいけないと去っていった。いつもこんなペースで移動しているなら、十和田とゆっくり話す時間はなさそうだ。

数音は十和田を見た。

「あの、シロ先輩。お話が――」

「ちょっと！」

大声が飛んできて、口を閉じる。奥松が倉庫の出入り口で手招きしていた。

（？）

数音は十和田と一緒に倉庫の中へ入った。奥松が、とあるダンボール箱を指差す。

「これは、どういうこと？」

彼が指差したのは、例の角が破れたダンボール箱ではなかった。その隣のパレットに積まれ、ストレッチフィルムが巻かれたダンボール箱だ。

数音は目を丸くした。

（なに、これ……）

下段の一箱に、鋭い刃物で何度も切りつけたような傷がついていた。

パレットが置いてある場所と部品番号から、今日のデバンニングで数音が格納したものだとわかる。しかし、記憶にない。こんな大きな傷がついていたら、運ぶ時に気づいたはずだ。もちろん、作業中に傷つけた覚えもない。

奥松が指先でメガネをおしあげた。

「今日のケースダメージは一件ってきいてるんだけど、報告もれ？　それとも見落とし？　そもそもこの傷、最初からついてたの？　作業中につけたの？　もし最初からついていたなら、ちゃんと証拠の写真撮ってあるよね？　作業中につけたなら、誰がやったの？」

「えっと……」

矢継《やつ》ぎ早《ばや》に尋ねられ、どの質問から答えたらいいかわからない。――否《いな》、最初の質問はすでに忘れてしまっていた。助けを求めるように隣の十和田を見る。どういうわけか、彼は目を閉じている。耳を澄ませて、なにかをききとろうとしているようだった。そもそも作業したのは数音だ。彼に傷の原因がわかるはずがない。

（自分で対応しないと……）

しかし、いつ、どこでこんな傷がついたのか不明だ。正直に「わかりません」と言っていいだろうか。

「どうなの。きみがやったんじゃないの？」

奥松が数音の顔をのぞきこんでくる。

「ち、違う……と思……」

「じゃあ、手元作業員が――」

「違います！」

数音は即座に否定した。木戸、ミゲル、宮川の顔が脳裏《のうり》をよぎる。たとえ一日でも一緒に作業したからわかる。彼らはダメージを見落としたり、自分たちのミスを隠したり、ましてや故意に傷つけたりしない。

奥松は数音の気迫におされていったん口をつぐんだものの、すぐに開いた。

「では、どういうことなのか説明して」

「あ～、それなら、オレが」

ずっと黙っていた十和田が、片手をあげた。

「え」

奥松はもちろん、数音も驚いて十和田を見る。数音たちの作業をずっと見ていたわけではないのに、傷がついた理由を説明できるのだろうか。

十和田は屈みこんで、問題のダンボール箱を指差した。

「まずこれ、ストレッチフィルムの上からついた傷ですよね」

　確かに、ダンボール箱とストレッチフィルム、両方が切れている。

「つまり、部品をパレットに積んだ時には、まだ傷はついていなかった。それに傷の状態からみて、フォークリフトの操作ミスでできたものとは考えにくい。フォークリフトでは、こんなに浅い切り傷はつかないですよ」

　よくあるのは、フォークをパレットに差し入れる際、誤って先端で荷を突いてしまうミスだ。その場合、フォークの形に穴が開く。

　奥松は顔をしかめた。

「じゃあなに。傷が勝手に現れたとでも——」

「いえいえ」

　十和田は両手を振った。

「ちゃんと犯人がいます。今、捕まえてきますから」

「は?」

　目を丸くする奥松と数音をその場に残し、彼は足音を殺して倉庫の中を歩き始めた。耳に手をあて、物音がきこえないか探っているようだ。やがて、パレットの間に入っていった。パレットにはダンボール箱が高く積まれており、十和田の姿が見えなくなる。そして

──。

「カズ！　そっちへいったぞ！」

大声が響いてきて、十和田が消えたパレットの間から、なにかが飛び出してきた。

「え？　ネコ？」

かなり大きな白と黒のブチネコが、数音たちの方へ駆けてくる。

「うひゃぁ！」

奥松が、変な声をあげて数音の後ろに隠れた。

（まさか、ネコ苦手？）

数音が捕まえようと前に出ると、ブチネコは方向転換し、別のパレットの隙間《すきま》へ消えていった。あまりの素早さについていけず、立ちつくす。十和田が現れた。

「どう？　犯人、捕まった？」

「まだ倉庫内にいる」

奥松がズレたメガネをかけ直しながら言った。

「なるほど。この傷は、ネコの爪とぎのあとか……。他の部品まで傷つけられたら困る。早急に追い出すように」

「はい」

十和田がうなずく。笑いをこらえているのが、数音にはわかった。

「──で、爪あとがついたものはどうしますか?」

「傷は中まで達していないようだ。角が破れているものも、部品には影響がないから、二つとも良品として扱っていい。──あとは頼みます」

ネコが怖いのか、奥松はそそくさと出ていった。数音は片膝をつき、改めてダンボール箱の傷を眺めた。

「これがネコのせいだって、よくわかりましたね」

十和田は、自慢するでもなくさらりと答えた。

「工場にタヌキやハクビシンが侵入して、残飯をあさったり、コードをかじったりするのは、よくあることなんだ。倉庫へ入った瞬間、鳴き声がきこえたし」

「へぇ」

数音はまったく気づかなかった。以前十和田は、持ち場に異変があれば、ピンとくると言っていた。あながちウソではないのかもしれない。

十和田は倉庫内を見渡した。

「とりあえず、ネコを外へ出さないと。──カズ、食べ物もってない?」

「え……。コロッケパンなら休憩室にありますけど」

仕事が終わったら食べようと、楽しみにしていたのだ。

十和田が両手をあわせた。

「お願い。ちょっとちょうだい」


「こんなので、本当に出てくるんですかね？」

ダンボール箱のかげから、倉庫の出入り口付近に置いたコロッケパンのかけらを眺め、数音は十和田に尋ねた。

食べ物でネコをおびき寄せ、出てきたら外へ追い出す計画だ。

「どうだろう？」

発案者は無責任に首をひねり、コロッケパンを食べている。パンは、ネコ、十和田、数音でわけた。数音も一口頬張《ほおば》る。すでに終業時間は過ぎているから、食べても許されるだろう。

（しまった。牛乳がほしかった……）

若干《じゃっかん》がっかりする数音の隣で、十和田が指についたコロッケのソースをなめた。

「そういえば、カズ。さっき話があるって言ってなかった？」

「──あぁ、はい」

数音は、森本と宮川たちの一件を話した。十和田は熱心に耳をかたむけ、すべてきき終えると天井をあおいだ。

「そういうことか」

「そういうことって？」

「ん～。……実はオレ、モモさんとみんなの関係がギクシャクしてるって気づいてたんだ。モモさんに確認したけど、問題ないって言われて……。宮川さんたちとはすれ違いで、声をかけられなかった」

手元作業員はコンテナの到着時刻にあわせてやってきて、作業が終わり次第帰ってしまう。そして、いる間はほとんど作業中だ。

「ここだけの話、モモさん、半月くらい前に彼女にプロポーズして断られたんだよ。けっこう長くつきあってたのに」

数人で飲みにいった時、偶然隣に座り、森本が酔ってグチったという。

「断られた理由がさぁ……。べつの男に告白されたかららしい。お相手は商社に勤める正社員。三十歳」

数音は、森本が「十和田以外は時間給だ」と言っていたことを思い出した。「自分にしかできない、デカい仕事をしてお金を稼《かせ》ぐ」と。

見返してやりたかったのはその男か、あるいは自分を選ばなかった彼女か。両方か。

「まぁ、だからって、許されるとは思わないけど」

十和田が顔をしかめた。

「教えてくれてありがとな。モモさんときちんと話して、宮川さんたちに謝らせるよ。放置してたオレも謝らないと……。モモさんだって、いつまでもふてくされちゃダメだろ。結局、今の仕事を選んだのは自分なんだから」

「……シロ先輩は？」

数音は小さく首をかしげた。

「え？」

「シロ先輩は、どうしてリフトマンになったんですか？」

「オレ？」

彼は少し考えてから、ニコリと笑った。

「オレも、カズと似たようなモンだよ。小学校五年生の時だったかな。ここととはべつの工場へ見学にいって、『すげぇ、ロボットの基地みたい！』って思った。そのあと、夢は色々変わったけど……。今ここにいるのは、あの工場見学がきっかけじゃないかな」

「へ〜。シロ先輩も、私と同じで単純だったんですね」

数音の口調にトゲを感じたのか、十和田が頭をかいた。

「だから、あれはほめたんだって」

「ふ〜ん」

「いや、マジでさ。オレ、カッコいいとか、すごいとか、最初に感じたストレートな気持ち、大切だと思うんだ。そりゃ、夢と現実は違うし、長く働いていたらモモさんみたいに『こんな所でなにやってるんだ?』って、イヤになることもあるだろ。そういう時、最初の気持ちを覚えていたら、踏ん張れるような気がするんだよ」

やけに実感がこもっている。彼にも、イヤになった過去があるのだろうか。

「——でも」

十和田が伸びをした。

「やっぱ、カズで正解だったな」

「正解?」

「あぁ。部品の落下事故が続いて、おまけにモモさんのアルコールの件があって……。ここで流れ変えなきゃマズいって思った時、真っ先にカズの顔が浮かんだんだ。真剣に仕事するヤツがいると、現場が引き締まるだろ。予想以上の効果だった。ありが——」

十和田がなにかに気づき、パッと口を閉じた。数音は彼の視線を追い、倉庫の出入り口を見た。

（あ！）

白と黒のブチネコが、コロッケパンのにおいをかいでいる。

（いくぞ）

合図され、数音は腰を浮かせた。捕まえる必要はない。外へ逃がせばいいだけだ。

二人は両手を広げてネコに近づき、出入り口へ追い立てようとした。

コロッケパンを食べていたネコは、数音たちに気づくと後ろへ——出入口の方向へ——飛びのいた。そのまま逃げてくれるかと思いきや、なぜか勢いよく床を蹴《け》り、十和田の方へ突進してくる。

「え、マジ？　うわっ」

捕まえようとした十和田の腕をすりぬけ、通路に沿って奥へ向かう。数音は慌てて追いかけた。

「そっちはダメ！」

真っ直ぐ伸びた通路の先は行き止まりだ。あせったのか、ネコは速度をあげて、突き当たりの壁をかけのぼった。当然のぼりきれるはずもなく、落下する。

「危ない!」

数音は両手を頭の上に伸ばし、なんとかネコを受け止めた。しかし。

「わ!」

ネコが暴れたせいでバランスを崩し、後ろへ倒れる。

ゴンと鈍い音がした。てっきり後頭部を床に打ちつけたと思ったのに、痛みがない。

(あれ?)

数音が寝転がったまま天井を見ていると、ネコが身体《からだ》をくねらせ、逃げ出した。慌てて身を起こした時にはもう、出入り口から外へ逃げていた。

ホッと息をついた数音は、そこでようやく気づいた。自分の下に誰かがいる。

「シロ先輩!」

急いで彼の上からおり、すぐ隣に膝をつく。

「大丈夫ですか?」

彼は仰向《あおむ》けに倒れていた。状況からみて、転んだ数音を助けようとして、一緒に転倒したのだろう。ゴンという音は、数音ではなく彼が頭を打った時のものだったのだ。

十和田は、目を閉じたまま動かない。

「どうしよう。シロ先輩！　起きて！」

怖々《こわごわ》肩をたたいてみる。彼がうっすら目を開けた。

「頭痛いですか？　救急車呼びましょうか？」

「ネコは……？」

「え？」

きき取れなくて、数音は身を屈めた。彼が両足を曲げ、肘をつき、ゆっくりと上半身を起こす。よかった、生きていたと思った次の瞬間、十和田の顔が近づいてきて、数音の唇に彼の唇が触れた。

（は？）

数音はかたまった。身体だけではなく思考まで完全に停止する。

数秒後、ようやく思考だけが動き出した。

（今……もしかして、キ……キス、された？　いや、偶然ぶつかっただけ……）

動けないでいる数音の頰に、十和田の手が添えられた。再び彼の唇が近づいてきて――。

（ギャーッ）

偶然ではなかった。数音は思い切り彼を突き飛ばし、ネコ同様、まっしぐらに出入り口から外へ逃げ出した。

第四話　陣取り合戦

　なんだかよくわからないけれど、職場の先輩にキスされた。

「う～～～～」

　自室のベッドの上で寝返りを打ち、数音《かずね》は両手で顔をおおった。

「眠れない～」

　カーテンの向こうは、うっすら明るくなってきている。

（ちゃんと睡眠をとらないと、明日まともに働けないよ）

　だが、目を閉じると自動的にキスシーンが再生されて、顔から火が出そうになる。

（あああ、あんなの、ありえない……！）

　正直言って、これまで恋愛経験は皆無だった。ずっとサッカー一筋だったし、男っぽい外見のせいか、どちらかというと女子にモテていた。男子はみんな仲のよい友人で、女子より男子と一緒にいる方が気楽だとすら思っていた。

（絶対、なにかの間違いだよ。ほら、シロ先輩、頭打ってたし！　事故だよ、事故！　だから、全部きれいに忘れよう！）

呼吸を整え、頭を空《から》っぽにして、なんかと眠りにつこうとする。しかし、目を閉じた途端、またしても近づいてくる十和田《とわだ》の顔が浮かんできた。

（あ〜、もう！　大会の決勝前夜だって熟睡できてたのに！）

数音は短い髪をかきむしった。

「いい加減、眠らせて〜！」

「お前さん、なにやってんの？」

「……気にしないでください」

安岡《やすおか》の背中に隠れながら、数音は小声で言った。

今は朝のミーティング中で、みんなの前に十和田が立っている。昨日の今日でどんな顔をして彼に会えばいいかわからず、始業直前まで更衣室で時間をつぶしていた。

安岡が首をひねって数音を見おろした。

「なにかあったのか？　変だろ」

「気のせいです」

近くにいたリンさんが、興味深そうな顔で十和田と数音を見比べている。数音は少しだけ首をのばして、十和田の様子をうかがった。

よく考えれば、昨日は頭を打った彼を倉庫に置き去りにしてきたのだ。

(よかった。ちゃんと動いてる)

いつもと同じ、ゆるい笑顔だ。

「そういえば、モモがいないな」

安岡がつぶやく。リンさんがささやいた。

「体調不良で休みらしいよ。カズ、今日もデバンニングじゃないの？」

「え」

数音は息を止めた。またキスシーンを思い出し、脳が沸騰《ふっとう》しそうになる。

安岡がニヤニヤした。

「お前さん、もういっそ、担当は『全部』にしたらどうだ？　なんでもやります的な──」

「え～」

抗議の声をあげる数音に、リンさんの横にいたスズさんが笑いかけてきた。

「大丈夫だよ。今日のコンテナ三本しかないから、シロさんだけで対応できるでしょ」

「――じゃあ、本日も無事故で頑張りましょう」

十和田が締めのセリフを口にして、ミーティングが終わった。数音は大急ぎで回れ右をした。――そこへ。

「カズ」

十和田に呼び止められた。万事休《ばんじきゅう》すと諦めかけた数音は、前方にある人物を見つけ、叫んだ。

「畦倉《あぜくら》さん！」

ダッシュで駆け寄る。彼女はギョッとしたように立ち止まった。

「な……、なによ？」

「あ、えっと」

用件を考えていなくて、あせる。

「あの……、そうだ。軍手がボロボロになってきたので、新しいのを注文してほしいな、と……」

「――」

畦倉は両目を細めた。発注ミス事件以来、彼女は数音に対して愛想笑いをやめていた。低い声で尋ねてくる。

「……………あんた、なにかあった？」

「ない！」

全力で否定し、慌ててつけ加える。

「です！」

「明らかにおかしいんだけど」

彼女はチラッと数音の背後に目をやった。そこには、頭をかきながら去っていく十和田の後ろ姿があった。

「まぁ、いいわ。軍手ね。注文しとく」

「お願いします！」

早足でフォークリフト置き場へ向かいながら、数音は両手で頬《ほお》をこすった。

(なにやってんだろ、私)

ずっと十和田から逃げ続けるなんて無理だ。しかし、今はなにも考えたくない。せっかく新しいチームに慣れて安岡たちと親しくなり、担当も決まったばかりなのに。ドキドキハラハラは仕事だけでじゅうぶんだ。

（そうだ、仕事しよう！　働けば忘れる！　記憶飛ぶくらい集中しよう！）


「カズ、なにかあった？」

カザミ運送の藤《ふじ》にまで同じ質問をされ、数音はビクリと肩を揺らした。

「え？」

場所は駐車場。彼の十トントラックから荷おろしをしている最中だった。

藤は手にした伝票と数音がおろした部品を照らしあわせながら言った。

「今日、えらく張り切ってるね」

まさか現実逃避しているのだとは言えない。あいまいに笑う数音に、彼は軽い口調で続けた。

「もしかして、給料あがった？」

「まさか〜」

数音の視界のすみを、十和田のリーチフォークリフトが横切った。顔を伏せてやりすごす。昨日までは、いつも目で追っていたのに……。

荷おろしが終わると、藤はトラックに乗りこんだ。

「じゃあ、午後もその調子で頼むよ」

気づけば、正午のチャイムが鳴っていた。みんな、いっせいに食堂や休憩所へ移動していく。

(瞬きしたら前半終了って感じ……)

小さく息をつき、数音はフォークリフトを走らせた。ふと見れば、倉庫前に空《から》パレットが数枚放置されていた。

(あれを片づけて、それからお昼にしよう)

「カ――」

最初は、その呼びかけに気づかなかった。少しぼうっとしていたのかもしれない。

「――ズ。カズ!」

野太い声で怒鳴られ、数音はハッとした。左斜め前方に赤石《あかいし》が立っている。

「止まれ!」

再び怒鳴られ、慌ててブレーキを踏む。

とっさに「怒られる!」と思い、身がすくんだ。そのくらい、赤石の表情は険しかった。

(私、なにかした?)

製品の積み間違いの件で――正確には数音のミスではなかったのだが――烈火のごとく怒られた記憶がよみがえり、逃げ出したくなる。しかし、フォークリフトを置いていくことはできない。だいたい、なぜ製品チームのリーダーが、部品チームの作業現場にいるのだろう。

（あぁ。昼休みだから、食堂へいく途中とか……？）

あれこれ考えている間に彼が近づいてきて、運転席のすぐ脇に立った。

「おりろ」

「は？」

耳を疑い、きき返す。

赤石が身をのり出し、強引にサイドブレーキをかけ、エンジンを切った。

「ちょっ――」

「いいから、おりろ。ゆっくり」

「？」

手を差しのべられ、数音は戸惑った。

「さっさとしろ！」

ゆっくりと言ったくせに急《せ》かされ、混乱したままシートからおりる。地面に足をつけた瞬間、クラリとめまいがした。

（あれ？）

身体《からだ》に力が入らない。足を踏ん張れず、膝をつきそうになった。赤石が支え、そっと地面に座らせてくれた。

「大丈夫か。通りかかったら、お前が幽霊みたいな顔色で運転してるから……。もう昼休みだろ。なにやってるんだ」

「――」

頭がグラグラして、返事ができない。

「ちゃんと休憩とってるのか？　水分は？」

「――すみません」

睡眠不足の上、朝食も満足に喉《のど》を通らなかった。さらに半日、ほぼ休憩なしで働き続ければ、フラついて当然だ。

しばらくするとめまいがおさまってきて、数音は顔をあげた。すぐ前に赤石が片膝をついている。

「もう平気です」

「医務室へいけ。シロにはオレから言っておく。誰か呼ぶか？」

「いえ、一人でいけます」

身体に力をこめ、数音は立ちあがった。よろめいたが、自力で立てた。自分が乗っていたフォークリフトを見る。

「これは……」

「オレがしまっておく」

数音はエンジンキーを渡し、回れ右をした。不意に、後ろから赤石が尋ねてきた。

「カズ。部品チームの仕事、キツイか？」

「え？」

驚いて振り返る。ぶっきら棒な口調に、ほんのわずかな気遣いが感じられたのだ。鬼の霍乱《かくらん》だろうか。

赤石は渋い顔でうなった。

「アイツ、仕事の振り分け、どうやってんだ。ちゃんと考えてるんだろうな」

どうやら、リーダーである十和田に怒っているようだ。赤石は厳しい人だったが、部下に無茶な仕事を押しつけたりはしなかった。全員の動きをよく見て、的確な指示を出していた。

彼は、十和田が数音に大量の仕事を与え、そのせいで具合が悪くなったのではないかと疑っているようだった。

　数音は慌てて言った。

「これは、私の体調管理の問題で――」

　赤石は数音の言葉をきいていなかった。眉間《みけん》にシワを寄せ、ブツブツつぶやく。

「シロのヤツ、どうしてもお前がいいって言うからOKしたのに……。雑に扱うなら、返してもらうぞ」

「は？」

　意味がわからない。赤石は唇を曲げた。

「だから、人手不足で一名異動させるって話が出た時、シロがお前を指名してきたんだよ」

「え。私が女で面倒だったから、十和田リーダーに押しつけたんじゃないんですか？」

　ポロリと余計な質問をしてしまったのは、おそらく具合が悪くて脳がうまく働いていなかったせいだろう。

　赤石は気まずそうに右手で額をぬぐった。

「……まぁ、それも……ある。けど、先にお前がいいと言ったのはシロだ。オレが率先《そっせん》してお前を出したわけじゃない」

（知らなかった）

そういえば、十和田は以前から数音を見ていたと話していた。

「あいつがどういうリーダーか知らんが、無理だと思えば戻ってくればいい」

「いえ」

数音は考える前に答えていた。

「大丈夫です」

「――そうか」

赤石は特に表情を見せずに言った。

「なら、いい」

いけ、と手を振られ、数音は歩き出した。数歩進み、足を止める。そして身体ごと向き直った。

「赤石リーダー」

「ん？」

「ありがとうございました」

異動の直後にきいた赤石の本音はショックだったけれど、彼にはたくさんのことを教えてもらった。部品チームでやっていけているのは、彼のおかげだ。その事実は消えない。

赤石は答えなかった。ただ小さくうなずき、フォークリフトに乗りこんだ。

医務室で水をのみ、しばらく休ませてもらうと、具合はだいぶよくなった。ただし看護師には、大事をとって早退するようにと言われた。

連絡を受けた畦倉が、休憩室に置いていた数音の荷物をもってきてくれた。彼女は数音が寝ているベッドの脇に立ち、顔をのぞきこんできた。

「大丈夫なの？」

「……はい」

数音は上半身を起こした。自宅に帰るくらいの体力は戻っている。

「家に電話しなくていい？」

「平気です」

手を差し出し、畦倉がもっている荷物を受け取ろうとした。しかし、なぜか彼女は数音の荷物を腕に抱え、あとずさった。

「？」

「ねぇ、あんた、シロくんとなにかあったでしょ」

(それ、今きく?)

数音の身体から力が抜ける。

彼女は部屋のすみにいる看護師にきこえないように、声を落とした。

「今朝の様子といい、やっぱりおかしいわよ。なにがあったの」

「えぇっと……」

数音は視線をさまよわせた。

「なにも……、ない、です」

畦倉が無言でにらんでくる。正直、怖い。

「あの、帰りたいんですけど……」

「私、近い内にシロくんに告白するから」

「え」

突然の宣言に、数音はかたまった。畦倉が顎《あご》をあげる。

「なによ。私の気持ち、知らなかったの?　てっきり、リンさん辺りがペラペラしゃべってたと思ってたわ」

(鋭い……)

「とにかく私、シロくんのことが好きなの。あんたがくるずっと前から」

数音に荷物を押しつけ、彼女はフンと鼻を鳴らした。

「だから邪魔しないでよね。――じゃ、気をつけて帰って」

言うだけ言うと、さっさと部屋を出ていく。彼女らしいというか、なんというか……。

数音はそっと息を吐き出した。

(告白……)

あまりきちんと働かない頭で考える。

リンさんが以前言っていた。十和田は畦倉の気持ちに気づいていないようだ、と。告白されたら案外喜ぶのではないだろうか。脳内で二人を並べてみる。

のんびりした雰囲気《ふんいき》の十和田と、美人で勝気な畦倉。

(……お似合いじゃないかな)

とりあえず、睡眠不足からは解放されそうだ。数音は医務室を出て、更衣室へ向かった。

医務室と更衣室は、第二棟にある。すでに昼休みは終了し、多くの人がラインのある中央棟へ移動していた。廊下《ろうか》には人気《ひとけ》がない。

(あ)

角をまがり、数音は足を止めた。こちらへ歩いてくる人がいる。

（シロ先輩）

彼は数音に気づくと足を速めた。逃げようがなく、うつむく。十和田は数音の二歩手前で立ち止まった。

「ごめん」

数音が口を開く前に、彼が頭をさげた。

「え？」

「カズが倒れたのって、多分、オレのせいだよな……」

「──」

十和田が顔をあげる。耳が赤くなっていた。

「オレ、昨日はちょっと……、頭打って、おかしくなってたんだ。本当にごめんなさい」

もう一度、さっきよりも深く頭をさげる。

「ああいうことはもう絶対しないので、体調がよくなったら、部品チームに戻ってきてください」

「……赤石リーダーに、なにか言われました？」

数音の問いに、十和田が再び顔をあげた。ちょっと恥ずかしそうに右手で首筋をなでる。

「うん、怒られた」

「でも」と、すぐに彼は続けた。

「怒られたから、きたわけじゃない。本当に悪かったと思って……。せっかくチームに馴《な》染《じ》んできてたのに、ごめん――」

「大丈夫です」

三度も謝られ、数音はさえぎった。

「もう……、いいです。気にしません」

十和田の顔が若干《じゃっかん》明るくなった。

「じゃあ――」

「ちゃんと休んで、戻ってきます」

「よかった」

彼は心底ホッとしたように笑った。いつものゆるい笑顔で。

数音も安心する。

(これで、元通り)

ただの先輩と後輩の関係に戻れる。もう悩んだり、逃げ回ったりしなくていい。

「お先に失礼します」

お辞儀《じぎ》をして歩き出す。十和田の横を通過して廊下を進み、角をまがる寸前――。どうしてそこで振り返ったのか、数音は自分でもわからなかった。何気なく後ろを向いたら、十和田がこちらを見ていた。その眼差《まなざ》しが思いがけず真剣で……、心臓が今まできいたことのない音を立てて飛び跳ねた。

（なに……）

慌てて前を向き、数音は角を曲がった。


翌日、体調が快復した数音は、十和田との約束通りに出勤した。

（やっぱり、ちょっと緊張する……）

休憩室の前には、すでにメンバーの大半が集まっていた。

「お、きたか」

安岡が数音を見て笑顔になる。

「もういいのか？」

「はい。ご心配をおかけしました」

「あ、カズ、復活だね」

休憩室の扉が開き、中からリンさんが出てくる。

「よかった、きてくれて。なんだか今日は荒れそうだよ」

彼が顎で示した先は、隣の事務所だった。窓越しに十和田の姿が見える。彼の他に赤石リーダーと、製品課、部品課の両課長がいる。

「巨頭会議だ」

安岡がニヤニヤ笑った。

「シロちゃんのあの顔……。いい話じゃなさそうだな」

十和田の眉間《みけん》にはシワが寄っている。

「赤石さんは普通だね。顔が赤くない」

リンさんの言葉に、数音は首を横に振った。

「いえ。あれは、怒りＭＡＸ状態です」

彼は怒りの沸点を越えると、なぜか顔色が通常の状態に戻るのだ。ただし、目がすわって、鬼瓦《おにがわら》みたいにかたい表情になる。

(久し振りに見た。なんだか、帰りたくなってきたなぁ)

「お。出てくるぞ」

安岡の声に、みんな事務所から顔をそむけ、ストレッチを始める。

最初に扉を開けて現れたのは、赤石だった。大股《おおまた》でズンズン歩いていく。その後ろに製品課の課長が続いた。十和田が出てきて、「ミーティング始めま～す」と、いつもののんびりした声を出した。

「えっと、みなさまお気づきだと思いますが、緊急事態です」

彼はいきなり核心に触れた。

「本日、コンテナ二本分の製品が、海外から届きます」

海外の工場では、部品だけではなく、製品――冷蔵庫――もつくっている。できあがった製品は部品と同じく、主に四十フィートのコンテナで輸送されてくる。

「外部倉庫に格納する予定だったんですが、手配できていなかったそうで……」

ざわめきが広がる。数音は一気に緊迫したチームを見回し、近くの安岡に尋ねた。

「どういうことですか？」

「製品の置き場がない」

彼が低い声で答えた。

「製品チームが使っている三つの倉庫は、この工場の製品で常に六割くらい埋まっている。今日も続々生産の予定だ。頑張って出荷しても、コンテナ二本分なんて、入りきらない」

「その通り」

十和田が、安岡を指差した。

「さっき、部品の置き場を貸してほしいと製品課から依頼がありました。大変心苦しいのですが、今から言う場所は、部品をどけて製品を置くスペースをつくってください」

みんなが身構える。ただでさえ忙しいのに、余計な仕事が増えるのだ。

「第一倉庫、パレット一列分。第二倉庫、パレット二列分。第三倉庫——」

「ちょっと待った！」

リンさんが手をあげた。

「二列もあけられないよ！　今日は納品がたくさんあるんだから！」

「ごめん、リンさん。入らない部品は外に置いて」

「む〜」

不服そうになりながらも、彼は引き下がった。

十和田が声を張る。

「——というわけで、本日は、製品チームが部品置き場に出入りします。いつも以上にフォークリフトの往来が激しくなるので、接触事故にはじゅうぶん注意して、無事故で頑張りましょう！」

「……は〜い……」

対するみんなの声には、明らかに張りがなかった。


「あれ？」

藤が運んできた部品を決められた置き場へもってきた数音は、フォークリフトの上で首をかしげた。

「ここであってると思うんだけど……」

そこには、青いプラスチックコンテナが置いてあった。見覚えのない部品だ。

「どういうこと？」

戸惑っていると、通りかかった部品チームのメンバーが教えてくれた。

「それ、さっきモッチーが置いていったよ。多分、本来の置き場が製品に占領されて、こっちへ逃がしたんだろ」

「え。置けない部品は、倉庫脇に仮置きする約束じゃないですか」

「オレに言われても……。外へ運ぶのが面倒だったたんじゃない？」

相手はそそくさと去っていった。数音は唇を引き結んで、青いプラスチックコンテナをにらんだ。

「よし」

いったん駐車場へ出て、自分が運んでいたパレットをすみに置く。先ほどの場所へ戻り、青いプラスチックコンテナを倉庫脇の仮置き場へ移動させた。そして、駐車場のすみに置いておいた自分の部品を、今空けたばかりの場所へ運ぶ。

パレットを置こうとして、数音は目を疑った。

「なに、これ!」

手間をかけてつくった空間に、なんと製品が入った大きなダンボール箱がでんと置かれていたのだ。

(犯人は?)

周囲を見回し、去っていくベールクランプつきフォークリフトを発見する。こちらに背を向けてシートに座っているのは——。

「ショウさん!」

遠藤翔太《えんどうしょうた》。年齢が近く、製品チームで一番親しくしていた人だ。数音より二つ上の二十三歳。愛嬌《あいきょう》のあるサル顔で、背が低いことを気にしている。

彼はギクリと肩を揺らし、ベールクランプつきフォークリフトをとめた。振り返り、片手をあげる。

「よぉ、久し振り。元気にしてた？」

「よぉじゃないですよ！」

数音は左サイドから身をのり出し、製品が入ったダンボール箱を指差した。

「なんですか、これ！」

「なにって、空いてたから……」

「私が空けたんです！　だいたい、ここは製品の置き場じゃないでしょ。どかしてください！」

「ごめん、一瞬置かせて」

「ダメ。すぐどけて！」

怒りのあまり、命令口調になってしまう。下手に出ていた遠藤がキレた。

「しょうがねーだろ！　ラインからどんどん製品が出てきてるのに、置き場がないんだ。ケツでフン詰まったら、ラインが止まるんだぜ！　お前に責任取れるのかよ、デカ女！」

「デカ女言うな、チビ男！」

「んだと、オラ！　やるか？」

「こらこら」

もう一台のフォークリフトが、二人の近くでとまった。安岡だ。

「お前さんたち、邪魔だよ」

「だって、あれ！」

数音は製品のダンボール箱を指差した。すべてを悟り、安岡がため息をつく。

「今日はあきらめろ、カズ」

「え〜！」

「冷静になれよ。事故るぞ。ライン供給の直前まで、外に置いておくしかないだろう」

「仮置き場はもう、いっぱいですよ」

頬《ほお》をふくらませた数音は、あることに気づいて手をあげた。

「やっさん」

「ん？」

「後ろ」

安岡が振り返り、「あ！」と叫ぶ。彼のスペースに、製品のダンボールが置かれていた。置いた主は、赤石の右腕、沢野《さわの》だ。素早く去っていく彼を安岡が追いかける。

「待て、こら！　そこはオレの陣地だぞ！　勝手に置くとは、いい度胸だな！」

見送って、数音は肩をすくめた。

「自分だって怒ってるじゃん。――あ」

遠藤の姿は、とっくに消えていた。

「しまった……」

製品はパレットにのっていない。つまり、数音のフォークリフトでは動かせない。数人がかりなら手で移動させられるかもしれないが、時間がかかるし、倒したら大変なことになる。

仕方なく、数音は自分の部品を外へ運んだ。駐車場で安岡が工場の西側――製品チームの作業現場――をにらんでいた。

「逃げられた。黙って置いていくなんて、セコいヤツだ。許せん」

数音は苦笑した。

「落ち着いてください、やっさん。事故りますよ」

「これが落ち着いていられるか！」

彼は邪魔にならない位置にフォークリフトをとめ、フォークを地面につけてエンジンを切った。シートからおり、歩き出す。

「どこへいくんですか？」

「第一倉庫。シロちゃんから赤石さんに、クレーム入れてもらう」

「私もいきます」

数音は、安岡の隣にフォークリフトをとめた。

二人で十和田が担当する第一倉庫へ向かう。出入り口から一台のベールクランプつきフォークリフトが出てきた。

運転しているのは赤石だ。

「待ってください！」

続いて、リーチフォークリフトに乗った十和田が現れた。

「約束が違うでしょう！」

怒鳴られて、赤石がベールクランプつきフォークリフトをとめた。

「緊急事態なんだよ」

「どうした？」

安岡が十和田に近寄って尋ねる。彼は第一倉庫を目で示した。

「あそこは一列の予定だったのに、ちょっと目をはなしたスキに、二列目にも製品を置いてたんですよ」

「空いてたからな」

赤石が涼しい顔で言った。十和田の表情が険しくなる。

「これから部品が届くから、苦労して空けたんじゃないですか！　それくらい、わかるでしょう」

フンと赤石が鼻を鳴らした。

「仕方ないだろう。部品より製品の方が高価なんだ」

十和田の額に青筋が浮かんだ。

「そういう問題じゃねぇよ！」

敬語が消える。

「決めたことは、守れよな！」

「そっちこそ、恩を返せ」

赤石が十和田に指を突きつけた。

「入りたてで右も左もわからんお前を育てて、リーダーにまでしてやっただろ。一列取られたくらいで、ギャアギャア騒ぐな」

「恩ならとっくに返してるだろ。だいたい、育てるとか言って、小突き回してただけじゃねぇか！　偉そうにすんな、ジジィ！　ここはオレの持ち場なんだよ！」

（うわ〜！）

数音はあとずさった。

(赤鬼をジジィ呼ばわり……!)

騒ぎに気づき、周囲で作業していた部品、製品チームのリフトマンたちが動きを止めた。

「あ〜あ。やっぱり、シロちゃんキレちゃったね」

すぐ後ろで声がして、数音は振り返った。リンさんとスズさんが立っている。

「シロちゃん、今は丸くなってるけど、昔はけっこうとがってたんだよ。赤石リーダーとも、よくやりあってた」

リンさんの言葉に、スズさんがうなずく。

「赤石リーダーにかみついてたの、シロちゃんくらいだったよね」

(へぇ……)

以前十和田は、頑張ったのに認められない悔《くや》しさや、ムキになる気持ちがわかると言っていた。いつもゆるく笑っていて、感情的にならないと思っていたのに……。

(中身は、けっこう熱い人だったんだ)

本当に数音の気持ちを理解して、あの言葉をくれたのだろう。

「どうしたんですか?」

新たな声が響き、若い男性がやってきた。背が低く、ころころと丸い体型をしている。

目が前髪でおおわれていて、よく見えない。ふっくらした頬に団子鼻、小さな口をしていた。

彼はふうふう息を切らしながら、赤石に駆け寄った。

「製品があふれちゃって、ラインが止まりそうですよ」

赤石が眉間《みけん》にシワを寄せる。

「置き場が足りないんだよ」

「そんなはずないです」

若い男性は、右のポケットから電卓を、左のポケットから折りたたんだ紙を取り出した。

「ぼくの計算では、ピッタリおさまるはずなんです」

「えっ」

「そうなの？」

リンさんとスズさんが、彼のそばへ近寄っていく。安岡と数音も二人に続いた。十和田がリーチフォークリフトからおり、周りにいたリフトマンたちも集まってきた。

若い男性は折りたたんでいた紙を広げ、リンさんにもたせた。それは、工場の見取り図だった。彼は丸っこい指で電卓をたたいた。

「いいですか。製品のサイズと、工場の空いている場所を比較すると――」

見取り図の、赤いマーカーで囲った部分を示す。

「ここ。この階段下に六台置けます。こっちの階段下にも。あと、部品チームの休憩室の隣に八台。廊下《ろうか》の突きあたりも空いているし、トイレの横にも置ける。中央棟の二階にも広い空間があります」

ひとしきり電卓をたたき、彼は満足そうにうなずいた。

「うん。やっぱり、いける。余裕ですよ。できないできないって騒いでないで、少しは頭を使えばいいのに……。あ、その見取り図、差しあげます」

颯爽《さっそう》と去っていく彼を、その場の全員が呆然《ぼうぜん》と見送った。

「ねぇ」

リンさんが、見取り図と若い男性の後ろ姿を見比べた。

「階段下は高さが足りない。箱の頭がひっかかって置けないって、誰か教えてあげなよ」

「だいたい、フォークリフト、あそこまで入れないよね。途中、せまくて通れないところがあるから」

スズさんが、困ったような笑顔を浮かべる。

他のリフトマンも、次々に口を開いた。

「休憩室の隣には、ここには描いてないけど、洗濯機《せんたくき》と掃除用具入れがあるだろ」

「廊下は走行不可だ」

「トイレの横は消火栓《しょうかせん》があるから、モノを置いちゃいけねぇんだよ」

数音は首をひねった。

「中央棟の二階って、フォークリフトで作業してもいい場所なんですか？　どうやって二階へフォークリフトをあげるんでしょう？」

貨物用、人間用、どちらもエレベーターが小さくてフォークリフトは入れないし、重量オーバーだ。

「お見事」

安岡が拍手した。

「これぞ机上《きじょう》の空論だな」

頭痛がするのか、十和田が両手で左右のこめかみをもみながら赤石に尋ねた。

「今の、誰？」

赤石がすわった目で答える。

「先月こちらに配属された新入社員だ。名前はアホや。――じゃなくて、阿古屋《あこや》。今回のトラブルの元凶だ」

彼が外部倉庫を手配し忘れたため、製品を積んだコンテナがこの工場へきてしまったのだ。

「…………アイツ、謝らなかったな」

誰かがポツリとつぶやいた。

すうっと場の空気が冷える。

「迷惑かけといて、一言の謝罪もなしかよ」

「むしろ、オレらがアホみたいな言い方しやがって。少しは頭を使えばいいのにって、なんだよ」

「ばかばかしい。やってられるか」

みんなの口から、押し殺した怒りが吐き出されていく。

「……帰ろうかな」

また誰かがつぶやいた。

「いっそラインが止まれば、オレらのありがたみがわかるんじゃねぇの」

「そうだ！　みんなで帰れば怖くねぇ！」

「ボイコットだ！」

冷えていた空気が、妙な熱を帯びていく。

「ちょっと――」

「お前ら――」

十和田と赤石が手をあげた。二人より先に、数音は叫んでいた。

「ダメですよ！　そんなことしたら、あの子に、本当にできないヤツらって思われちゃう！　できないから逃げ出したんだって！」

みんながピタリと口を閉じる。

十和田が小さくふきだした。

「あの子……」

小さく肩を震わせ、顔をあげる。どこかスッキリとした表情だった。

「そうだな。アホにアホって思われたくないよな」

彼は赤石を見た。

「とりあえず、ここは協力しませんか」

「あぁ。――頼む」

赤石が軽く頭をさげた。滅多《めった》に見られない姿に、全員が驚愕《きょうがく》の眼差《まなざ》しを向ける。

「で、どうする、リーダー？」

安岡が十和田に尋ねた。

「階段下や二階は使えないぜ」

十和田は少し考え、みんなにきこえる声で言った。

「部品は、いったん全部外へ出そう。倉庫の周辺はいっぱいだから、課長の許可をもらって、中央棟の軒下《のきした》に置く。あと、駐車場を一部封鎖して、部品置き場にする。今日の生産で、夕方までには大半の部品が消費されるだろう。残った部品は、製品を格納したあとで、空いたスペースに入れていく」

一息つき、続ける。

「助けあって、担当以外の部品も運んでほしい。手間だと思うけど、よろしくお願いします」

部品チームの面々が、「は～い！」と答える。

赤石が、野太い声を張りあげた。

「お前ら、きいたな！」

「ここまでしてもらってんだ！　最短で格納完了しろ！」

製品の格納が早く終われば、それだけ早く部品がしまえる。今度は製品チームのメンバーが、「はい！」と答えた。

「作業開始！」

二人のリーダーの合図で、みんなが散っていく。移動しようとした数音の頭――ヘルメットの上――に、軽い重みを感じた。十和田が手を置いたのだ。

「ありがとな」

「え？」

意味がわからず、きき返す。十和田は無言でニコリと笑い、離れていった。


あの場にいなかった人間にも両リーダーの指示が伝えられ、部品、製品チームは連携して作業を開始した。協力した途端、驚くほど効率よく製品がおさめられていく。

十五時すぎ。数音は休憩をとり、自動販売機でミネラルウォーターを買っていた。

（この調子なら、あと三十分くらいで製品の格納が完了しそう。そのあと、部品を入れて──。全員でやれば、多分、定時に終われる）

ペットボトルのキャップをひねり、立ったままその場で一口のむ。上向けた額に、ポツリと冷たいものがあたった。

「あ」

午前中には綺麗《きれい》に晴れていたはずの空が、いつの間にか分厚い雲でおおわれていた。

この工場は屋根のない場所が多いので、リフトマンは天候の変化に敏感だ。製品はもちろん、部品もぬれたらダメになるものが多いし、サビの原因になる。

(忙しくて、気づかなかった)

ドッと生ぬるい風が吹き抜け、大粒の雨が次々に落ちてくる。

(マズい)

慌てて自分のフォークリフトへ戻る。すでにメンバーが雨対策にのり出していた。リンさんが青いビニールシートを抱え、走ってくる。

「カズ、手伝って！　部品にビニールシートをかけるんだ」

二人で手分けして、フタのついていないプラスチックコンテナにかけていく。

横で安岡が毛布を広げた。

「毎度思うんだが、ここは雨に弱すぎだ」

他のメンバーも軒下に部品を移動させたり、空《から》のダンボール箱をたたんで部品の上にのせ、雨よけにしている。レインコートを着ている人はいない。人間より部品が優先だ。

十和田が運転するリーチフォークリフトが近づいてきて、数音たちのそばでとまった。

「最悪だ」

彼は、会社支給のスマートフォンをみんなに見せた。

「ゲリラ豪雨の情報が入った」

言っているそばから雨脚が強まり、遠くで雷鳴がとどろく。

「どうする。シートや毛布じゃ歯が立たんぞ」

安岡の言葉に、十和田が奥歯をかんだ。

「一時的にでも、どこかに避難させられたら……」

「それができりゃ、一日苦労してねぇよなぁ」

安岡が苦笑する。数音は周囲を見回した。停車中の青い十トントラックがある。

「トラックの荷台は?」

十和田の返事を待たず、藤のトラックに駆け寄る。せっかく担当になったのに今日も荷おろしができず、作業は彼に任せていた。

「藤さん!」

雨を避けて運転席に座っていた藤が、窓を開いた。

「おう、カズ。ふってきたな。中へ入ってないと、風邪《かぜ》ひくぞ」

長々話している余裕は、数音にはなかった。早口で尋ねる。

「すみません。荷台、空いてませんか?」

「え?　半分くらいなら空いてるけど」

「お願いします。少しの間、部品を置かせてください!」

「あぁ」

藤は一瞬で事情を把握《はあく》したらしい。駐車場の片隅にある部品をチラッと眺め、ため息をついた。

「しょうがねぇな。どうせこの雨で身動き取れないし。今、開けてやるよ」

運転席からおりてくる。

「ただし、急いでのせろよ。風が強くなったら、荷台にもふりこんでくるからな」

「はい！」

数音の後ろで様子を見ていた十和田が、安岡に言った。

「やっさん。他にも荷台をかしてくれるトラックがないか探そう！」

「了解」

二人とも別々の方向へ駆けていく。荷台が空いているトラックのドライバーは快《こころよ》く了承してくれ、チーム全員で部品を運ぶ。

おかげで、フォークリフトの運転ができなくなるほどの土砂降りになる頃には、すべての部品が雨のかからない場所へ移動していた。

「お疲れ～」

「あせった。どうなることかと思ったよ」

「ギリギリセーフだったな」

びしょぬれになった部品チームのメンバーが、休憩室前に集まってくる。ここには広い軒があるので、雨はかからない。

「タオルどうぞ。使ってください」

畦倉が他の事務員と一緒に、洗いたてのタオルを配っていた。

「やれやれ。とんだ一日だ。――まだ終わってないけど」

安岡が上着の裾《すそ》をしぼった。ボタボタと水滴が落ちてくる。

数音はヘルメットをぬいだ。髪は汗と雨でぐちゃぐちゃになっていた。靴《くつ》の中までぬれていて、気持ちが悪い。

「う〜」

ぬれた手で前髪をかきあげた時、ふわりと頭にタオルをかけられた。

「？」

「お疲れ」

後ろに、十和田が立っている。

「ありがとな、カズ」

自分もびしょぬれなのに、タオルを数音に譲《ゆず》ってくれたようだ。彼は穏やかに笑った。

「おかげで助かったよ」

「私はべつに――」

「シロくん、タオル」

横から白いタオルが差し出された。畦倉が立っている。

「ありがと」

十和田が受け取り、顔をぬぐった。畦倉がチラッと数音を見てから、十和田に声をかけた。

「あの……、シロくん。少し時間ある？　話があるんだけど……。その、できれば向こうで……」

少し震えている声、ピンク色に染まった頬《ほお》、握りしめた手……。

さすがの数音もピンときた。

（告白？　今？）

近い内にすると宣言していたけれど、どうやらまだだったらしい。なぜこのタイミングなのかナゾだが、彼女なりに理由があるのだろう。

数音はあとずさり、そっと回れ右をした。

雨はふってきた時同様、あっという間に弱まってきている。小雨になれば足止めされていたトラックが動き出す。出発が遅れて迷惑にならないよう、速やかに部品をおろさなければならない。

(今の内に、トイレ……)

本当は着替えたいが、水をふくんだシートに座れば、どうせまたぬれてしまう。一番近いのは、自動販売機が並んでいる休憩所のそばのトイレだ。

ごしごしと髪をふきながら、アーケードがついている歩道を進む。辺りに人影はなかった。休憩所が見えてきた頃、後ろから足音が近づいてきて、ぐいと右腕を引っ張られた。

(え?)

振り返り、数音は両目を見開いた。十和田が立っている。急いで追いかけてきたのか、軽く息を弾ませていた。

「ごめん。あれ、ウソ」

いきなり彼が言った。顔を伏せていて、表情が見えない。

数音は混乱した。

「あれって?」

思わずきき返し、慌てて続ける。

「――じゃなくて、畦倉さんは?」

告白はどうなったのだろう。

十和田が顔をあげた。真っ直ぐ見つめられ、数音は思わず目をそらした。

「畦倉さんの話は、あとにしてもらった」

「えっ」

驚きのあまり、十和田の顔をまともに見てしまう。今度は彼が目をそらした。耳が赤くなっている。

「それより、あの……、キ、スのこと……」

「！」

数音の心臓が跳ねる。

十和田が、ゆっくりと言った。

「頭打っておかしくなってたって言ったけど、あれ、ウソ」

数音は呼吸を止めた。逃げ出したいのに足が動かない。

彼がゴクリとツバをのみ、数音の顔をのぞきこんできた。目があう。

「オレ、カズが好きだ。好きだから、キスした」

「――」

なにも言えなかった。どんな表情をすればいいかもわからない。ただ、ドッドッドッと、ものすごい音で心臓が鳴っている。

「ごめん」

十和田が謝った。

「カズが倒れた時、オレが困らせたせいだと思って、否定した。――でも、今日カズを見ていて……、やっぱり、自分の気持ちをごまかすことはできないって」

「――」

どうしても言葉が出てこなくて、数音はうつむいた。

「ごめん」

再び謝られ、首を横に振る。混乱していたが、彼は悪くないということくらいわかった。

「あの」

数音は思い切って尋ねてみた。

「ど……、どうして、私なんですか？　全然、女らしくないのに……。むしろ男に間違われる方が多いくらいで」

正直、恋愛対象として見られたことが不思議だ。

十和田は迷わず答えた。

「女らしいとか男らしいとか以前に、カズらしいのがいい」

「は？」

意味がわからない。

「そのままがいいんだ。初めてフォークリフトに乗っているのを見た時、丁寧《ていねい》に作業するなと思った。他にも、仕事キツいのにニコニコ笑って頑張ってる姿とか、元気のいい挨拶《あいさつ》とか、すごくいいなって……、ウチのチームに欲しいなって思った。――で、異動の話が出た時、赤石さんに頼んで、こっちへきてもらったんだ。実際は、予想以上に頑張り屋で、負けず嫌いで、でもすごく素直なところがあって。絶妙に前向きな考え方とか、どんどん好きに――」

「わ、わかりました。もういいです」

数音は両手をあげてさえぎった。あまりにほめられすぎて、恥ずかしい。自分のことではないみたいだ。

沈黙が落ち、ささやかな雨音が響いた。

十和田が空を見あげる。

「雨、止んできたな。もういかないと」

「あ――」

数音は口を開いた。告白の返事をしなければいけないと思ったのだ。しかし、頭の中がぐちゃぐちゃで、自分の気持ちがわからない。

「先にいってる。カズは、ゆっくりでいいから」

十和田が歩き出した。

「返事も、すぐじゃなくていい」

彼の姿が消えても、数音はその場に立ちつくしていた。

第五話　コレだ！

なんだかよくわからないけれど、職場の先輩に告白された。

「う～～～～」

数音は両手で顔をおおった。

（いや、わからないことは、ない。むしろ懇切丁寧《こんせつていねい》に説明されて、よくわかった）

十和田《とわだ》は真剣だ。

（どうしよう、どうしよう、どうしたらいいんだろう）

返事はゆっくりでいいと言われたが、ずっと保留にしておくわけにはいかない。

（でも、考えれば考えるほど、わかんなくなって）

最初は、あのゆるい笑顔にイライラした。フォークリフトの仕事がしたいのに、優しく遠ざけられている気がしたのだ。しかし、それは数音の勘違いだった。製品の積み間違いの件では、数音のミスではないと信じて助けてくれた。いつもきちんと話をきいてくれるし、頑張りを認めてくれた。赤石《あかいし》とはまた違うタイプの、いいリーダーだと思う。なにより、フォークリフトの腕は確かだ。

（今は、尊敬してる）

好きか嫌いかの二択なら――。

（……好き。でも、シロ先輩が言ってる好きとは違う。どこが違うかっていうと――あぁ、もう！）

頭の中がぐちゃぐちゃで、整理できない。脳内に空《から》パレットや空き箱が散らばっているみたいだ。

（こういうのも、フォークリフトで簡単に片づけられたらいいのに。綺麗《きれい》に重ねて、白線からはみださないように端から順に並べて……）

「――ズくん。カズくん！」

軽く肩をたたかれ、数音は顔をおおっていた手をどけた。

私服姿の小谷《こたに》が立っている。

「おはよう」

場所は女子更衣室。数音の目の前にロッカーがあった。出勤して着替えようとロッカーを開けたところで、考えこみ始めていたのだ。今日は朝ごはんを食べている時も、顔を洗っている時も、同じように途中で動きが止まってしまっていた。

（作業中にフリーズしたら、どうしよう）

冷や汗をかく数音の左隣で、小谷が自分のロッカーを開けた。

「どうかした？　大丈夫？」

「……平気」

数音は唇をかんだ。

「――じゃない」

「は？」

ロッカーへカバンをしまっていた小谷が、首をかしげる。数音は繰り返した。

「平気じゃない」

言葉にしてみたら、堰《せき》を切ったように気持ちがあふれ出してきた。

「どうしたらいいか、全然わかんないよ。私、今までこういうことなかったし。みんな、どうやって答えを出すんだろう？　それ以前に、今日、どんな顔して会えばいいのかな？」

「ちょ、ちょっと待って」

小谷が手をあげる。

「なんの話?」

改めて問われると、猛烈に恥ずかしくなってきた。数音はうつむき、意味もなく前髪をいじった。

「えっと……、あの……。シロ先輩に、——た」

「ん?」

きき取れなかったのか、小谷が数音の方へ身を寄せてきた。数音は息を吸った。

「こ、こく、ひゃく、された」

小声で、しかも思い切りかんだのに、彼女は正確に理解したようだった。こぼれんばかりに両目を見開く。

「ええええ!」

周囲にいた人たちが、驚いてこちらを見た。数音は慌てて小谷の口をふさいだ。

「シーッ」

「ごめん。ビックリして」

トンと数音の背中に、誰かがぶつかった。

「あ、すみませ——」

振り返り、かたまる。畦倉《あぜくら》だ。彼女はすでに事務員の制服に着替えていた。ジロリと数音をにらみ、無言で出入り口の方へ歩いていく。

昨日、十和田は彼女の話——おそらく告白——を後回しにして、数音の元へ走ってきたのだ。

「で？　つきあうの？」

ため息をつく数音の横で、事情を知らない小谷が興奮ぎみに尋ねてくる。

（ものすごく気まずい……）

「う〰〰」

数音は再び両手で顔をおおった。小谷が心配そうに声を落とす。

「十和田リーダーのこと、好きじゃないの？」

「わ……かんない」

だから困っているのだ。

「つ、つきあいたいくらい好きって、どうやったらわかるのかな？」

「え」

小谷が言葉に詰まる。

「それは……、人それぞれじゃない？」

「そっか。だよね。自分の気持ちなんだから、自分で考えないと」

つぶやく数音に、彼女は微笑《ほほえ》んだ。

「真面目《まじめ》だなぁ、カズくんは。あんまり考えすぎない方がいいかもよ。——そうだ。サッカーやフォークリフトの時は、どうだったの？」

「は？」

小谷は、てきぱきと着替え始めた。

「私って、カズくんみたいに、夢中でなにかに打ちこんだことないんだよね。だから、ずっとサッカーを続けていたとか、赤鬼の下で怒られながら辞めずに頑張ってるのとか、正直ビックリで」

「はぁ」

「すごいな、ちょっとうらやましいなぁ——って、私の感想はいいや。つまり、サッカーやフォークリフトに出会った時は、どんな感じだったの？　……私には想像もつかないけどさ」

彼女は、制服の赤いリボンをつけながら言った。

「十和田リーダーと一緒にいて、その時と同じ気持ちになったら、すごく好きってことじゃない？」

「同じ……気持ち」

数音は瞬きをした。大きなヒントをもらった気がする。

小谷がロッカーを閉めた。

「それにしても、まさかカズくんから恋愛相談をされる日がくるとは……。嬉しいような、寂しいような」

「ま、まだ決まったわけじゃ……」

「わかってるって」

彼女は手を振った。

「応援してるよ。じゃ、お先に～」

更衣室を出た数音は、部品チームの休憩室へ向かって歩き出した。

三十メートルほど向こうに第三倉庫が見える。倉庫の外壁に沿って積まれた空パレットのそばで、一台のフォークリフトが作業をしていた。誰が運転しているのかわからない。

数音は足を止め、オレンジ色のボディをつくづくと眺めた。心の中で小谷の言葉を繰り返す。

（同じ、気持ち）

サッカー選手になろうと思ったのは、小学校三年生の時だ。体育の授業で初めてゴールを決めたのがきっかけだった。あの瞬間、目の前がパアッと明るくなり、「コレだ！」と思った。

その日の内に両親に頼んでサッカーボールを買ってもらい、練習を始めた。翌月には地元のサッカーチームに入った。

（我ながら単純。またシロ先輩に笑われそう……）

うっかり十和田の笑顔を想像し、慌てて首を横に振る。

（……そういえば、初めてフォークリフトを見た時も、似たような気持ちになったっけ）

当時の数音は、膝をケガしてサッカーを辞めたばかりで、とても落ちこんでいた。

次にやりたいことはなんだろうと考え、子どもの頃、母親に止められたせいで乗れなかったゴーカートのことを思い出した。しかし、実際にゴーカートに乗れる遊園地までできてみたら、そこだけ工事中で入れず、ガッカリした。

すぐ帰る気になれず、数音は金網《かなあみ》の前に立っていた。中には様々な建築資材が置かれ、シャベルカーが地面を掘り起こしていた。最初はぼんやり眺めていただけだったが、その内、目の前を往復するフォークリフト――その頃は名前も知らなかった――に気づいた。

小さいのに重そうな荷を軽々ともちあげ、狭い場所を器用に走っていく。その小気味よい動きに目を奪われ、「カッコいい！」と思った。「ゴーカートより、そっちがいい！」と。同時に、暗くよどんでいた気持ちが晴れて——。

（やっぱり、「コレだ！」って思ったんだよね）

すぐさま現場の人に、どうやったらそれ——フォークリフト——に乗れるか尋ね、資格が必要だと教えられ、フォークリフト運転技能講習を受けにいったのだ。

（——よし）

数音はフォークリフトを見つめ、決意した。

（シロ先輩と一緒にいて、「コレだ！」って思えたら、その時は……、あれ？）

両目を細める。

（なんか、あのフォークリフト、ヤバくない？）

フラフラと頼りない動きをしている。

（誰が運転してるんだろう）

近寄ってみると、シートに座っているのは、見たことのない男性だった。部品チームのメンバーではないし、トラックのドライバーでもなさそうだ。着ているのは、男性事務員の制服だ。

どうやら彼は、空パレットの山を移動させようとしているようだった。しかし、フォークがパレットの差込口に入らず、苦戦していた。白線にそって真っ直ぐ置かれていたパレットが、フォークの先で押され、斜めになっている。

男性はグルグルとハンドルを回してフォークリフトの向きを変え、再度差込口にフォークを入れようとした。

（あああっ、あせってハンドル回しすぎ。第一、あのフォークじゃ――）

数音は思わず右手をあげた。

「あの！　ちょっといいですか？」

シートに座っていた男性が、慌てたようにブレーキを踏んだ。サイドブレーキをかけ、さらにエンジンを切って数音の方を向く。三十代くらいだろうか。人のよさそうな丸い顔に、びっしょりと汗が浮かんでいた。太い眉《まゆ》と小さな目。なで肩で、少しお腹が出ている。

「すみません」

彼は開口一番、謝った。

「ぼく、邪魔……、ですよね？」

数音は笑った。

「いえ、大丈夫ですよ。手伝いましょうか？」

「すみません」

なぜか、彼はまた謝った。

「実はぼく、まだフォークリフトの修了証をもってなくて……。今、フォークリフトの、えっと、運転……技術講習を受けにいっているんです。次の日曜日が実技試験なので、課長に許可をもらって練習していて……」

「なるほど」

どうりで、頼りない運転のはずだ。

フォークリフト運転技能講習は、全国各地で行われている。数音は陸上貨物運送事業労働災害防止協会の支部で受講した。そこには事務室や講義室が入った建物と広い駐車場があり、フォークリフトが走行するためのコースがつくられていた。

彼も数音と同じ会場で受講しているという。普通自動車免許を取得しているため、学科講習を一日、実技講習を三日受ければいいらしい。学科講習はいわゆる座学で、当日の最後に筆記試験がある。その後、実技講習で実際にフォークリフトに乗り、最終日に実技試験を受ける。学科と実技の両方に合格すると、修了証が取得できるのだ。本来、修了証を取得していなければ、フォークリフトを運転することはできない。

男性は額の汗をぬぐった。

「先週の金曜日に学科講習を受けて、日曜日に最初の実技講習があったんです。でも、全然運転できなくて……」

　次の土日で、残りの実技講習と実技試験があるそうだ。

「このままじゃ落ちると思って練習しているんですが、やっぱり上手《うま》くいかず……。現場の方は、みんな簡単そうにスイスイ動かしてるのに」

　彼は事務職だが、資格を取っておけば今後役に立つかもしれないと考えたらしい。

「軽い気持ちで受講してしまって、ちょっと後悔《こうかい》してます。ぼく、車の運転も苦手だし、センスないのかな」

「違いますよ」

　数音は笑って、フォークリフトの前を指差した。

「フォークの幅が、パレットにあっていないんです」

　パレットの差込口に対して、フォークの幅が広すぎる。これでは入るはずがない。

　数音はフォークを固定しているネジをゆるめ、正しい位置へ移動させた。自動で幅をかえられるフォークリフトもあるようだが、工場にあるものはすべて手で動かすタイプだ。重たいので、足で蹴《け》って少しずつずらす。

　男性がシートの右サイドから身をのり出した。

「へ〜。フォークの幅って、かえられるんですね」

「はい。部品によっては、パレットにのせられない規格外の入れ物があるので」

たとえば、細かい仕切りがたくさんついた大きな鉄カゴや、細長い木箱、ドーナツ形に梱包《こんぽう》されたものもある。いずれもパレットにのせるとかえって不安定になるため、そのまま運ぶ。

「多分、前にこのフォークリフトを使った人が、荷にあわせてフォークの幅をかえたんです。で、元の位置に戻すのを忘れて……」

工場が所有するパレットのサイズは、統一されている。フォークの幅をかえたら、戻しておくのがマナーだ。

フォークを二本とも移動させ、数音は男性を見あげた。

「これでやってみてください」

「カズくん！」

後ろから声をかけられ、数音は振り返った。手元作業員の宮川《みやかわ》が立っていた。

今日は水色のTシャツにジャージ姿だ。

「おはよう。ごめんね。ちょっといい？」

「いいよ。なに？」

彼女は、自分のTシャツの裾《すそ》を引っ張った。

「私、ヘルメット忘れてきちゃって」

デバンニング作業中は、全員ヘルメット着用が義務づけられている。

「あぁ。それなら、休憩室に予備のヘルメットがあるよ」

「ホント？　よかった」

「おい！」

新しい声が割りこんできて、宮川がビクリと肩を揺らした。彼女の後ろに森本《もりもと》が立っていた。

「お前ら、なにやってんだよ。ここはオレの持ち場だぞ」

彼は白線から少しはみだしている空《から》パレットを見て、舌打ちした。続いて、フォークリフトに乗っている男性をにらむ。

「他人のテリトリー荒らしやがって。あんた、誰だ」

男性が身を縮める。

「すみません。ぼくは――」

数音は思わず口をはさんだ。

「荒らしてなんかいません。ちょっとズレただけで――」

「お前にはきいてねぇよ！」

森本の声が大きくなる。宮川が半歩前へ出た。

「怒鳴ることないじゃん！」

全身から怒りのオーラが放たれている。

森本はアルコールチェックにひっかかってから今日まで、体調不良を理由に休んでいた。まだ宮川たちに謝罪していないのだろう。十和田とも話したのか、数音にはわからなかった。ただ、彼は相変わらずイラついているように見えた。

「あの……」

フォークリフトに乗っている男性が、シートから腰を浮かせた。

「待ってください。これは、ぼくの責任で……」

「うっせーな！　お前は黙ってろ！」

森本のひとにらみで、彼はストンとシートへ戻った。森本は数音と宮川を見比べ、再び舌打ちした。

「カズ、てめぇ、一日デバンニング手伝ったからって、いい気になるなよ」

数音はムッとした。

「私はべつに――」

「お〜い」

また新たに、のんびりした声が割りこんできた。十和田だ。

彼は四人のそばまで歩いてくると、ぐるりと一同を眺めた。

「なにしてるの？」

彼の視線は、森本の顔で止まった。真正面から見すえ、ニコリと笑う。いつもの笑顔なのに、少し怖い。

「モモさん。まさか、さっそくモメてないよね？」

「——」

森本が目をそらす。

「すみません」

フォークリフトに乗っていた男性が、シートからおりた。

「ぼくが、みなさんの仕事を邪魔してしまって。……あ、ぼく、設備課の関根《せきね》といいます。今度フォークリフトの講習を受けることになっていて……」

「あぁ」

十和田がうなずいた。

「ここで練習する件なら、ウチの課長も了承済です。——というわけだから、よろしくね」

最後の一言は、森本に向けられていた。彼は答えなかった。

十和田は、部品課の事務所の方向を指差した。

「モモさん、朝イチで課長と面談の予定でしょ。課長、待ってるよ」

森本は無言で去っていった。十和田が宮川に軽く頭をさげる。

「すみません。昨日の夜、モモ……森本と二人でじっくり話したんだけど、なかなか気持ちを切りかえられないみたいで……。でも、今日の作業前に、みんなに謝罪させます」

「気にしないでください」

宮川が両手を振った。

「この前、十和田さんが謝ってくれたから、私はもうじゅうぶんです」

「ありがとう。オレも注意して見ておきます。またなにかあったら言ってください」

「わかりました。――じゃあ」

第三倉庫の出入り口に木戸《きど》たちの姿を見つけ、彼女は歩き出した。去り際、数音に向かって手をあわせる。

「カズくん、アレ、お願いね」

ヘルメットのことだ。数音はうなずいた。

「すぐもってく」

「――で」

十和田が、フォークリフトの脇に立っている男性に目を向けた。

「関根さん、でしたっけ？　そろそろ始業時間ですから、戻った方がいいんじゃないですか。あとはオレがやっときます」

彼は顔の汗をぬぐった。

「本当にすみません。ご迷惑をお――」

「関根さんのせいじゃないですよ」

数音は彼の謝罪をさえぎった。あんまり謝るので、申し訳なくなってきた。

「むしろこっちの事情っていうか……。そうだ。よければ、私が教えましょうか、フォークリフトの運転」

「え」

関根が目を丸くする。

「それは……、すごくありがたいお話ですが……」

彼は十和田の反応をうかがった。数音は十和田に尋ねた。

「シロ先輩、いいですよね？」

彼は少し考えて答えた。

「業務に差し支えなければ、いいよ。ただし、場所はここじゃなくて、第一倉庫の周辺」

第一倉庫は、十和田の持ち場だ。

「それから、事故を起こさないように注意すること」

「はい」

数音は関根を見た。

「じゃあ、明日の朝、向こうの第一倉庫の前で待ちあわせましょう」

「ありがとうございます。よろしくお願いします」

彼は十和田にエンジンキーを渡し、何度もお辞儀《じぎ》しながら去っていった。

すぐフォークリフトに乗りこもうとする十和田に、数音は言った。

「私がやります」

「いいよ。大した手間じゃないし。それよりカズ、宮川さんになにかもっていくんじゃないの？」

「あ」

忘れていた。あとは十和田に任せ、数音は予備のヘルメットを取りに部品チームの休憩室へ向かった。

少し歩いてから、ようやく気づく。
（あれ？　私、今、シロ先輩と普通に話せてたよね？）
告白後、初の顔あわせだから、緊張していたのに。
（モモさんのおかげで、意識している余裕がなかったのかな。よかった）
安堵《あんど》しつつも、内心首をかしげる。
（でも、「コレだ！」はなかったな。やっぱり、そういう意味での好きじゃないのかも
……）
少し考えて、「まぁ、いいか」とつぶやく。
（すぐにわかるとは限らないし）

翌朝。

数音は関根と二人で第一倉庫の前にいた。のろのろ進むフォークリフトからやや離れたところに立ち、声をかける。

「前進で右折する場合は、前のタイヤが角をこえた辺りでハンドルを右に回して――あ、

回しすぎです。一回転半くらいで止めて。曲がり切る前に、左後方の安全確認をしてください」

関根が必死の形相《ぎょうそう》でハンドルを握っている。

本日の課題は『倉庫の角を右折したのち、直進。あらかじめ地面に置いておいた空パレットをすくって、バックで同じルートを戻る』というものだ。

「パレットの正面で停止。フォークの高さを差込口にあわせてください。――ちょっと待った。今、フォークが地面に対して水平になってないの、わかりますか?」

「え?」

彼が左サイドから身をのり出し、小さな両目を細めた。

「そこからでは、わかりにくいかもしれません」

関根はエンジンを切り、シートからおりて、フォークの横に片膝をついた。

「ホントだ。だいぶ先端があがってますね」

「このまま差しこむと、パレットの内部でフォークが引っかかってしまうんです」

「なるほど」

「ハッ。ひよっこが偉そうに教えてやがるぜ」

二人の後ろから鋭い声が飛んできた。森本が立っている。数音は身構えた。

「なにか用ですか？」

森本は数音の問いを無視し、周囲を見回した。

「ぐちゃぐちゃだな」

いつも綺麗《きれい》に重ねられている空パレットが、かなり乱れている。

関根が首の汗をぬぐった。

「それは、ぼくが――」

約束の時間より早くきて、自主練習をしていたのだ。事情を知っている数音は、関根が謝る前に強い口調で言った。

「ちゃんと直します。それに、シロ先輩から許可をもらってます。ここはモモさんの持ち場じゃないでしょう？　なにしにきたんですか？」

彼は鼻を鳴らした。

「お前、マジでムカつく」

「はぁ？」

数音は眉《まゆ》を寄せた。森本が指を突きつけてくる。

「生意気なんだよ。ちょっとシロに構ってもらってるからって、デカい顔すんじゃねぇぞ」

いですか」

「デカい顔なんて、してません。モモさんこそ、シロ先輩にたくさん迷惑かけてるじゃな

十和田は彼の落下事故の後始末をし、宮川たちに謝罪して、さらにアルコールチェックの件では課長にも頭をさげていた。

「子どもみたいにスネるの、いい加減やめたらどうですか」

森本の頰《ほお》が引きつった。

「てめぇ――!」

「おう、やってるか?」

「おっはよ~う!」

「いい天気だね」

三つの声が飛びこんできて、張りつめていた空気がゆるむ。安岡《やすおか》とリンさんとスズさんが立っていた。

安岡が腕を組んだ。

「カズが初心者を教えるってきいたから、冷やかしにきたんだが……。邪魔だったかな」

森本が舌打ちし、去っていく。ホッと息を吐き出す数音に、関根が言った。

「なんか、すみません。また、ぼくのせいで――」

数音は首を横に振った。

「関根さんのせいじゃないですよ」

「でも」

「気にすることないよ」

リンさんが笑った。

「カズは、ただのひよっこじゃない。根性のあるひよっこだから」

数音はガックリと肩を落とした。

「なんで私をなぐさめるんですか。——っていうか、そのセリフを知ってるってことは……、いつからいたんですか？」

「モモちゃんがくる前からだよ」

スズさんがニコニコと答え、安岡がニヤニヤした。

「なかなかの指導っぷりだったぞ。ひよっこのわりには」

数音は拳《こぶし》を握った。

「真面目《まじめ》にやってるんですから、からかわないでください」

「あの……」

関根が細い声を出す。数音は、不安そうな表情を浮かべている彼に向き直った。

「大丈夫です、関根さん。ひよっこの私の方が、講習受けて何十年もたつベテランより、確実に試験の内容覚えてますから！」

ブッとふきだす第四の声がした。安岡たちの後ろに、十和田が立っている。彼は肩を震わせながら言った。

「そういう風に考えるんだ……。すげーな」

数音の頬が熱くなる。十和田が慌ててつけ加えた。

「今のは、ほめたんだよ。マジで。カズっぽくていいなって」

「もういいです！」

「あの……」

横を向く数音のそばで、関根が再び細い声を発した

「そろそろ片づけないと……」

気がつけば、朝の体操の音楽が流れている。体操が終われば、各課やチームごとのミーティングが始まってしまう。

「おっと、いけない」

安岡が歩き出した。

「カズ、それ、ちゃんと片づけてこいよ」

リンさんとスズさんが「頑張ってね」と手を振り、彼のあとに続く。

数音は関根に言った。

「関根さんもいってください」

「でも」

彼はズレているパレットの山を見あげた。

「これやったの、ぼくですし……」

「今日は時間がないので、私が直します。そのかわり、明日は一緒に片づけましょう」

「わかりました。お願いします」

何度も頭をさげながら、彼も去っていった。残された十和田が自分を指差す。

「オレ、手伝おうか？　リーチフォークリフトで」

「けっこうです」

数音は右手をあげた。

「ひよっこでも、これくらいできますから」

「ごめん」

十和田が謝った。改まった口調に、背を向けかけていた数音は動きを止めた。

「モモさん、宮川さんたちの件、カズがチクったって考えてるみたいなんだ」

彼が謝ってきたのは、森本のことだった。

「あぁ……」

数音は納得した。

(だから、私にからんでくるのか)

「違うって説明したんだけど」

十和田の言葉に、数音はキョトンとした。

「え。違わないですよ。報告したの、私ですから。シロ先輩が気にすることないです」

今度は十和田がキョトンとする。

「まぁ……そう、……なのか?」

つぶやいて、彼は苦笑した。

「すごいな、カズは——っと」

また怒らせてしまうと思ったのか、片手で口をおおう。数音は気づかないフリをして尋ねた。

「それより、モモさん、宮川さんたちに謝ったんですか?」

「あぁ、表向きはな。昨日は怒鳴ることもなかったらしい。——その分、カズに八つ当たりしてるみたいで……」

「私は平気です。やっさんやリンさん、スズさんもいるし」

数音は素早くフォークリフトに乗りこんだ。

「こっちを片づけて、すぐにいきますね」


大急ぎでパレットを整理し、数音は体操が終わるまでに、なんとか部品チームの休憩室前へたどり着くことができた。

(間にあった！　正直、ダメかと思った！)

しかし、一難去ってまた一難。ミーティングが終了するなり、数音は畦倉に呼び止められた。

「寿《ことぶき》さん！」

「？」

鼻先に一枚の紙を突きつけられ、たじろぐ。

「昨日あなたが提出した勤怠《きんたい》管理表、日付が間違ってるんだけど！」

「あ……、すみません」

受け取り、すぐそばにある棚《たな》を机がわりにして書き直す。横からのぞきこんでいた畦倉が顔をしかめた。

「ちょっと！　そんな風にぐりぐりぬりつぶしちゃダメよ！　訂正箇所《ていせいかしょ》は二重線で消して！」

「う……」

「もういいわ。私がやっとくから。これから気をつけてよね！」

「はい」

事務所へ入っていく畦倉の背中を見送り、数音はひそかに息を吐いた。

（機嫌、悪いな〜）

「おい、ひよっこ！」

後ろから怒鳴られ、数音はムッとした。振り返らなくても、誰なのかわかる。

（モモさん）

彼は休憩室の横にある洗濯機《せんたくき》を指差した。

「汚れた軍手、たまってるぞ。ちゃんと洗っとけよ」

「――はい」

悔《くや》しいが、言い返せない。

数音は洗濯機のフタを開けた。

(シロ先輩には「平気です」って言ったけど、畦倉&モモのダブル攻撃は、ちょっとキツい……)

「カズ」

自分の持ち場へ向かっていたはずの安岡が、戻ってきた。

「今、知り合いにきいた。今日の午前中に大名行列があるらしいぞ」

「ええっ!」

大名行列とは現場の人間が勝手につけた呼び方で、正式には工場長の巡回だ。工場長は工場内が安全、清潔に保たれているか、月に二回の割合でチェックしにくる。巡回日は事前に通告されず、いつも抜き打ちだ。各課の偉い人たちがぞろぞろとついて歩くため、大名行列のように見える。

当然、製品チームのエリアにもまわってくるので、数音も彼らのことを知っていた。

チェックされる箇所はだいたい決まっている。部品や製品が所定の場所に置かれているか。消火器の前に物が置かれていないか。自動扉や貨物エレベーターがきちんと稼働《かどう》するか。リフトマンたちがヘルメットをかぶり、シートベルトをしめているか。指差し確認や一方通行などのルールを守っているか。個人的に呼び止められ、携帯義務のある社員証や、フォークリフトの修了証の提示を求められることもある。他には、地面に落ちているゴミや窓の汚れなども指摘される。

工場長に注意された点はすべて証拠の写真を撮られ、後日、各課にメールで送信される。メールを受け取った課は改善した写真を撮り、反省文とともに提出しなければならない。要するに、とても面倒くさい。

安岡は、洗濯機に立てかけられているホウキとチリトリを手に取った。

「参った。オレの持ち場、ハトのフンが山積みだ」

「あぁ、あそこの軒下《のきした》、よくいますよね……」

ハトは工場の天敵だ。あちこちに巣をつくり、フンや羽根をまき散らす。

「カズも、今日は部品の置き方に注意しろよ。あいつら、白線から一センチはみだしてるだけで、この世の終わりみたいにピーピー騒ぐからな」

「はい」

洗濯機のスタートボタンを押し、数音はハッとした。

（さっきのパレットの山、大丈夫かな？）

巡回ルートは毎回かわるが、倉庫の中と周囲は絶対にチェックされる。

（とりあえず、ガタガタに重なっていたのは真っ直ぐにしたけど……、高さは？）

空パレットの並べ方にも、工場の規定がある。倉庫の周辺は、外壁にそって二列、十一段——約百六十五メートル——に積まなければならない。

(もう一度、見にいった方がいいな)

慌てていたから、間違えているかもしれない。

数音は藤《ふじ》の青いトラックがまだ到着していないことを確認してから、フォークリフトに乗って第一倉庫へ向かった。

ぐるりと倉庫を一周する。出入り口以外のすべての壁際に、パレットが置かれていた。関根が練習していた場所はもちろん、他の場所も、規定通りに並んでいる。

(よかった)

持ち場へ戻ろうとして、偶然第三倉庫の裏を通りかかり、数音は目を丸くした。

(なに、これ)

パレットの高さが、明らかにオーバーしている。二列にしなければいけないのに、三列になっているところもあり、白線からはみだしていた。

第三倉庫は森本の担当だ。

(私に文句言っといて、自分はこれ？　完全にアウトだよ！)

倉庫の裏側は人気《ひとけ》がなく、近くに彼の姿はない。

（大名行列がいつ通るかわかんないし。見つかったら、またシロ先輩が怒られちゃう。

——えぇい！　勝手に直してやる！）

数音は、白線からはみだしているパレットの差込口にフォークを入れた。いったん脇へどかし、奥のパレットを見る。

（ここも高さオーバー）

おまけに斜めに置かれている。

奥のパレットも抜き出し、少し離れた場所に置く。そこから決められた高さ分だけパレットをすくい、元の場所へ戻す。

「おい！」

後ろから声をかけられ、バックしようとしていた数音はブレーキを踏んだ。

（危ない！）

いつの間にか、接触しそうなくらい近くに、森本が運転するフォークリフトがあった。

「なにやってんだよ！」

怒鳴られたが、数音はひるまなかった。

「午前中に、工場長の巡回があるそうです！」

「だからなんだ！　あとで片づけようと思ってたんだよ！　ここはオレの——」

「またシロ先輩に迷惑かける気ですか！」

数音はハンドルを回し、鮮やかに森本の脇をすり抜けた。驚いたのか、彼は口を閉じた。

「私にかみついてるヒマがあるなら、向こうのパレット直してください！」

自分が作業している場所から、一番遠くにあるパレットを指差す。

壁際に並んでいるパレットの両端から積み直していく作戦だ。近くで作業すると、お互いが邪魔になる。

「チッ」

舌打ちしたものの、森本は数音の言葉に従った。彼だって、大名行列の重要性はよくわかっているのだろう。

数音は気持ちを落ち着けるために深呼吸し、作業を再開した。

（ん？）

それを見つけたのは、偶然だった。雑に積まれたパレットの間に、人が一人通れるくらいの隙間《すきま》があり、その奥に、黒いヒモがついたカードケースが落ちていた。同じものを首からさげているから、ピンときた。

（誰かの社員証？）

社員証は常に携帯するよう義務づけられており、工場へ出入りする際に必要となる。失くしたら始末書ものだ。

数音はフォークリフトのエンジンを切り、シートからおりた。持ち主に届けてやろうと思ったのだ。パレットとパレットの間へ入り、地面に膝をつく。

(やっぱり、社員証だ)

ケースを取りあげ、名前を確認する。

(ゲッ。モモさんの……)

顔をしかめた時、ドーンと大きな音がした。続いて、ガガガガと不気味な音が響き、あっという間に辺りが暗くなった。

(え?)

なにが起こったのかわからず、数音は上を見た。黒いもの――パレット――でおおわれている。上だけではない。背後――つまり、入ってきた場所もパレットでふさがれていた。前は壁で行き止まり、左右には最初からパレットがあった。

(閉じこめられた?)

数音がいるのは、かろうじて方向転換できるくらいの、ごく狭い空間だ。

背伸びすると、頭上をふさいでいるパレットに手が届いた。押してもビクともしない。

「どういうこと?」

あせるあまり、今度は目の前にあるパレットを押してみる。ガッとイヤな音がして、慌てて手を引っこめた。

（下手《へた》に触ると崩れる？）

パレットはけっこう重い。一枚、十キログラム以上あるのではないだろうか。この量の下敷きになったら、ただではすまない。恐怖にかられて叫びそうになった瞬間――。

「カズ！」

十和田の声が耳に飛びこんできた。

「カズ、どこだ！　返事しろ！」

もしかしたら、ずっと呼びかけてくれていたのかもしれない。声がかすれている。他にも複数の呼び声や足音、気配がした。

「あ――」

数音は口を開けた。喉《のど》がカラカラだ。ゴクリとツバをのみ、息を吸う。

「シ、シロ先輩！　私、ここ！」

「いたぞ！」

安岡の声だ。それに続くのは赤石の声だった。

「生きてる！」

どよめきが広がる。大勢が集まっているようだ。

「奇跡だ！」

「パレットをどけろ！」

「急げ！」

誰かが無理にパレットを動かそうとしたのだろう。ガガッと音がして、左斜め上のパレットが、数音の方へずり落ちそうになった。

数音が身を縮めると同時に、十和田が怒鳴った。

「触るなぁッ！」

ものすごい気迫に、辺りが静まり返る。

一呼吸おき、十和田がさっきより抑えた声で言った。

「不用意に動かせば、かえって崩れる。オレがやるから、みんなどいてくれ。——カズ」

彼の声が近づいてくる。

「ケガはないか?」

「平気です」

「そうか。……よかった」

彼は数音がどの辺りに、どんな体勢でいるか確認した。

「いいか。すぐ助けてやるから、怖いだろうけど、じっとしてろ」

「はい」

不思議なことに、十和田と会話していたら気持ちが落ち着いてきた。

初めて彼がリーチフォークリフトを運転しているのを見た時のことを思い出す。まるで氷の上をすべっているような、なめらかな動きだった。縦、横、高さまで、少しのズレもなく部品が格納されている第一倉庫。

（きっと、大丈夫）

彼なら信頼できる。

フォークリフトのエンジンがかかる音がして、数音から見て右手のパレットが揺れた。揺れただけで崩れることはない。異変があったらすぐ十和田に報告できるように、数音は注意深く周囲を観察した。

どのくらい時間がたったのかわからない。やがて、上から光がさした。

「……」

数音は顔をあげ、両目を細めた。

「空だ」

頭上のパレットが取り除かれている。思い切り背伸びをしたら、一番上にあるパレットのふちに手が届いた。

「シロ先輩、出られそうです」

「あ、こら。ちょっと待て」

数音はパレットを押して崩れないことを確認し、よじのぼってみた。

一番上のパレットのふちに肘をつき、顔を出す。真っ先に見えたのは、リーチフォークリフトに乗っている十和田の姿だった。彼は苦笑した。

「じっとしてろって言っただろ」

「だって……」

大人しく待っているのは苦手だ。

「いいから、そこにいろ。動くなよ」

十和田はリーチフォークリフトからおり、いつも数音が乗っているカウンターバランスフォークリフトに乗りかえた。フォークにボックスパレットが差してある。ボックスパレットは、その名の通り箱型のパレットだ。結婚式やコンサートで使用されるゴンドラに似ている。ただし、これは味気ない金網《かなあみ》の箱だ。物をのせやすいように、一面が扉になっている。

彼はフォークリフトでボックスパレットをもちあげ、数音が肘をついているパレットのすぐ前につけた。

「こっちへ移れそうか？」

扉が開いた状態で固定されている。さらによく見ると、フォークからボックスパレットが外れないように、ロープが巻かれていた。必要になるかもしれないと、十和田が作業している間にみんなで用意したらしい。

本来、フォークリフトで人を運ぶことは禁じられている。しかし、今は緊急事態だ。

「いけそうです」

数音は、肘をついていたパレットの上へ身体《からだ》を引きあげた。よつんばいになり、慎重にボックスパレットへ手をのばす。

足元のパレットが多少揺れたものの、なんとか無事に移動することができた。

下から十和田が尋ねてくる。

「動かすぞ。大丈夫か？」

「はい」

荷が偏《かたよ》っていたらバランスを取りにくくなる。数音はボックスパレットの真ん中に、ペタリとお尻をつけて座った。フォークリフトが動き出す。揺れはほとんど感じられない。

（やっぱり、上手《うま》いなぁ）

数音がいる場所から、金網越しに十和田の顔が見えた。

目があうと、彼はニコリと笑う。その笑顔を見た瞬間、わずかに残っていた恐怖が完全に消えた。目の前がパアッと明るくなり――。

数音は息を止めた。

(コレだ……!)

サッカーやフォークリフトに出会った時と、同じ気持ち。

そう思いつつ、戸惑う。

(え、今？　この状況で？)

「カズ！」

背後から呼びかけられ、数音は我に返った。いつの間にかボックスパレットは地面についており、フォークリフトのエンジンが切られていた。腰を浮かせて振り向くと、開いた扉から十和田が身をのりだしてきていた。

「よかった……」

強い力で抱きしめられ、数音は目を瞬いた。

(シロ先輩、すごい汗……)

汗で作業着の色がかわっている。それなのに身体が冷たい。伝わってくる鼓動が速い。

ろうか。

実は緊張していたのだろうか。それでも、数音を不安にさせないように笑ってくれたのだろうか。

じんわりと胸が熱くなり、数音は目を閉じた。

(間違いない。コレだ)

「シロ先輩……」

つぶやくと、彼はパッと数音から離れた。

「ご、ごめん！」

慌てて後ろへさがる。かわりに小谷が抱きついてきた。

「カズくん！　無事でよかった！」

拍手がわき起こる。見回すと、部品、製品チームの全員と、課長や事務員たち——畦倉の姿もあった。他に、宮川、木戸、ミゲル、藤、関根までいる。

安岡が手を差し伸べてきた。

「立てるか？」

「はい」

ボックスパレットからおりる。改めて現場を眺め、数音はあんぐりと口を開けた。

「ひゃ〜……」

倉庫の壁際に並んでいた、ほぼすべてのパレットが崩れている。

リンさんが説明してくれた。

「モモちゃんが、誤ってパレットの山を倒したんだよ」

倒れたパレットの山は隣のパレットの山にぶつかり……、横滑りを起こして数音を閉じこめてしまったのだ。高く積みすぎていたことが、被害の拡大につながった。

(シロ先輩、よくこれをどかしたな……。すごい)

数音には、どこから手をつけていいかわからない。中に人がいるなら、なおさら怖くて触れなかっただろう。

改めて十和田にお礼を言おうとした数音のそばに、よろよろと人影が近づいてきた。

「カズ」

森本だ。彼は真っ青な顔で数音の前までくると、崩れるように両膝をついた。

「ごめん。オレが悪かった」

さらに両手をついて頭をさげる。続いて、オイオイ泣き出した。

「本当に、すみませんでした。目が……、覚めた」

号泣しながらも、彼は懸命に声をしぼり出した。

「……無事で……よかった。十和田リーダーにも……、みんなにも、迷惑かけて……。オレ、どう謝ったらいいか……」
心から反省していることが伝わってくる。数音は彼の前にしゃがんだ。

「モモさん、これ」

ポケットに入れていた社員証を差し出す。

「パレットの間に落ちてました」

「――」

森本が涙と鼻水でぐしゃぐしゃの顔をあげ、ポカンと口を開ける。

数音は彼の前に社員証を置いた。

「もういいですよ。誰もケガしなかったし。それより、片づけ一緒に頑張りましょう」

「なに言ってるんだ」

赤石が数音の腕を引いた。

「片づけなんかしてる場合か。お前は今すぐ病院へいけ」

「え、でも」

どこも痛くないと訴える数音を、みんなが取り囲んだ。

「いいからいけ！」

「どこか打ってるかもしれないだろ！」

「おい。誰か、車出せ！　早く！」

抵抗する間もなく課長とともに車に乗せられ、数音は工場をあとにした。


精密検査が終わったのは夕方で、すでに業務は終了していた。課長は重要な会議があるからと、医療費と交通費を置いて先に帰ってしまい、数音は一人で戻ってきた。

検査の結果は問題なく、すでに電話で課長と十和田に知らせてあった。着替えのため更衣室へいく前に、第三倉庫へ寄ってみる。

「お～、さすが」

崩れたパレットは、すべて綺麗《きれい》に並べ直してあった。

つくづく眺め、大きく伸びをする。

(なんか、すごい一日だったなぁ)

「カズ」

後ろから呼びかけられ、数音は振り返った。十和田が立っている。

「まだいたんですか？」

「……」

　彼は無言で近づいてくると、数音のすぐ前で立ち止まった。じっと見つめられ、数音は首をかしげた。

「シロ先輩？　――あ、そうだ。私、まだちゃんとお礼を言ってなかったですよね。助けていただいて、ありがとうございました。シロ先輩が冷静に対応してくれたから、無事に出られ――」

　左頬《ひだりほお》に、十和田の右手が触れた。

「あの……」

　次に左手が、わしゃわしゃと数音の髪をなでてくる。

「な、なに？」

　戸惑う数音に、十和田がつぶやいた。

「生きてる」

「は？」

「夢じゃないな、うん」

　自分に言いきかせるようにうなずき、「は～」と深いため息をついた。彼の両手が数音の背中にまわり、ごく自然に抱きしめられた。

「全然……冷静じゃなかった」

「え？」

「カズが巻きこまれたってきいて、めちゃくちゃテンパった。無事だってわかったあとも、操作ミスして傷つけたらどうしようって、死ぬほど緊張した。吐きそうだった」

「吐くって……そんなに？」

数音は小さく笑った。

我に返ったように、パッと十和田が手を離した。

「ごめん！　オレ、また……。こういうのはしないって約束したのに」

「べつに……」

数音は横を向いた。自分から「ＯＫです」と言うのも恥ずかしい。

（でも、もう「コレだ」って思ったんだから……）

勇気を出して口を開く。

「あの、シロ先輩……」

「ん？」

「私――」

次の言葉が出てこない。数音は喉《のど》に手をあてた。

（あれ？　なんで？）

たった四文字「好きです」と言うだけなのに……、自分でもビックリだ。口をパクパクさせている数音を、十和田が心配そうにのぞきこんできた。

「大丈夫か？」

数音は両手で顔をおおった。

「……無理……かも」

恋愛経験は皆無だ。告白なんてしたことがない。

「無理って、なにが？」

十和田があせったように尋ねてくる。

「もしかして、オレのことが？」

「えっ。いや、違……」

手を横に振ると、十和田は安堵《あんど》の表情を浮かべた。だがそれは一瞬で、なにかを思い出したように「あ！」と叫んだ。少し青ざめた顔で、再び尋ねてくる。

「まさか、フォークリフトが……？」

「はぁ？」

数音の声が裏返った。

「なんでそうなるんですか？」

「だって、実際にいたからさ。事故にあったら怖くなって、フォークリフトに乗れなくなっちゃった人」

数音は拳《こぶし》を握った。

「私は平気です。ケガしなかったし。シロ先輩知ってますよね、私の負けず嫌い」

「――だよな。よかった」

十和田が微笑《ほほえ》む。この穏やかな笑顔に何度も救われた。好きだと思う。

数音は、握った拳をもう一度強く握り直した。

（今言わないと、後悔《こうかい》する）

サッカーに出会った時は、その日の内にサッカーボールを買ってもらって練習を始めた。フォークリフトに出会った時も、すぐに受講の申しこみにいった。

「コレだ」と思ったなら、ぐずぐず迷っていないで、全力で取りにいかなければ……。

（私らしく、ない）

呼吸を整え、数音は声を押し出した。

「シロ先輩。私、なにがあってもフォークリフトを嫌いになったりしません。シロ先輩のことも……」

「え？」

「伝われ」と、数音は強く念じた。

「フォークリフトと同じくらい……って、……思って」

途中で目を閉じてしまったから、彼がどんな表情をしているかはわからない。

一瞬の沈黙のあと、十和田の明るい笑い声が響いた。

「ははっ」

数音は目を開けた。そこには、いつものゆるい笑顔があった。照れているのか、耳が赤い。

「それって最高だな」

（伝わった……！）

数音も笑った。緊張がとけて目の前が明るくなり、改めてわかる。

（この人だ）

※この作品はフィクションです。実在の人物・団体・事件などにはいっさい関係ありません。

集英社オレンジ文庫をお買い上げいただき、ありがとうございます。
ご意見・ご感想をお待ちしております。

● あて先
〒101-8050　東京都千代田区一ツ橋2-5-10
集英社オレンジ文庫編集部 気付
要　はる先生

リフトガール
～フォークリフトのお仕事～

集英社
オレンジ文庫

2019年3月25日　第1刷発行

著　者　要　はる
発行者　北畠輝幸
発行所　株式会社集英社
〒101-8050東京都千代田区一ツ橋2-5-10
電話【編集部】03-3230-6352
【読者係】03-3230-6080
【販売部】03-3230-6393（書店専用）
印刷所　株式会社美松堂／中央精版印刷株式会社

※定価はカバーに表示してあります

ISBN 978-4-08-680245-1 C0193

集英社オレンジ文庫

要 はる

ブラック企業に勤めております。

イラストレーターの夢破れ、地元に戻った夏実。タウン誌を発行する会社の事務員の仕事が決まるが、そこはクセ者だらけのブラック企業だった!!

ブラック企業に勤めております。
その線を越えてはならぬ

ブラック企業で働く夏実は、毎朝電車で会う「青い自転車の君」との会話が心の支え。そんなある日、支店長の座を巡る争いに巻き込まれて…?

ブラック企業に勤めております。
仁義なき営業対決

夏実が働くK支店を中心に大プロジェクトを進めることに。それに伴い様々な支店から集められた精鋭のクセモノたちに、夏実は多いに翻弄され!?

好評発売中

【電子書籍版も配信中　詳しくはこちら→http://ebooks.shueisha.co.jp/orange/】